WEST BELMONT BRANCH

MAR   2015

D1372267

WEST BELMONT BRANCH

Las CRÓNICAS de

NARNIA®

C. S. LEWIS

La Última Batalla

Las CRÓNICAS de

NARNIA®

C. S. LEWIS

La Última Batalla

Traducción de Gemma Gallart
Ilustraciones de Pauline Baynes

rayo

Una rama de HarperCollins*Publishers*

JUV/Sp FIC LEWIS
Lewis, C. S. 1898-1963.
La ´ultima batalla

Las CRÓNICAS *de*
NARNIA ®

LA ÚLTIMA BATALLA. Copyright © 1956 por C. S. Lewis Pte. Ltd.
Traducción © 2005 por Gemma Gallart. Ilustraciones de
Pauline Baynes © 1954 por C. S. Lewis Pte. Ltd.

Todos los derechos reservados. Impreso en los Estados Unidos de América.
Se prohíbe reproducir, almacenar o transmitir cualquier parte de este libro
en manera alguna ni por ningún medio sin previo permiso escrito,
excepto en el caso de citas cortas para críticas. Para recibir información,
diríjase a: HarperCollins Publishers, 10 East 53rd Street, New York, NY 10022.

Libros de HarperCollins pueden ser adquiridos para uso educacional,
comercial o promocional. Para recibir más información, diríjase a:
Special Markets Department, HarperCollins Publishers, 10 East 53rd Street,
New York, NY 10022.

Las Crónicas de Narnia®, Narnia® y todos los títulos de los libros,
los personajes y los lugares originales a la serie de Las Crónicas de Narnia
son marcas registradas por C. S. Lewis Pte. Ltd. Está estrictamente prohibido
utilizar este material sin permiso.

Este libro fue publicado originalmente en inglés en el año 1956 en Gran Bretaña
por Geoffrey Bles.

PRIMERA EDICIÓN RAYO, 2005

Library of Congress ha catalogado la edición en inglés.

ISBN-13: 978-0-06-088431-4
ISBN-10: 0-06-088431-2

05 06 07 08 09 DIX/CW 10 9 8 7 6 5 4 3 2 1

Chicago Public Library

R03212 14405

ÍNDICE

Chicago Public Library
Uptown Branch
929 W. Buena Ave.
Chicago, IL 60613
(312) 744-8400

Las CRÓNICAS de NARNIA®

C. S. LEWIS

La Última Batalla

CAPÍTULO 1

Junto al estanque del Caldero

En los últimos días de Narnia, muy al oeste, pasado el Erial del Farol y cerca de la gran cascada, vivía un mono. Era tan viejo que nadie recordaba cuándo había ido a vivir a aquel lugar, y era el mono más listo, feo y arrugado que pueda imaginarse. Tenía una casita de madera y cubierta con hojas, en lo alto de la copa de un árbol enorme, y su nombre era Triquiñuela. No había demasiadas bestias parlantes, ni hombres, ni enanos, ni seres de ninguna clase en aquella parte del bosque, pero Triquiñuela tenía un amigo y vecino, que era un asno llamado Puzzle. Al menos ambos decían que eran amigos, pero por la forma como se comportaban se podría haber pensado que Puzzle era el criado de Triquiñuela en lugar de su amigo, pues era él quien hacía todo el trabajo. Cuando iban juntos al río, Triquiñuela llenaba los grandes

11

odres de piel con agua, pero era Puzzle quien los llevaba de vuelta. Cuando querían algo de las poblaciones situadas río abajo era Puzzle quien bajaba con cestos vacíos sobre el lomo y regresaba con los cestos llenos y pesados. Y las cosas más deliciosas que Puzzle transportaba se las comía Triquiñuela; pues tal como él mismo decía:

—Ya sabes, Puzzle, que yo no puedo comer hierba y cardos como tú, de modo que es justo que pueda compensarlo de otras maneras.

A lo que el asno respondía:

—Desde luego, Triquiñuela, desde luego. Lo comprendo.

Puzzle nunca se quejaba, porque sabía que el mono era más listo que él y pensaba que era muy amable de su parte querer ser amigo suyo. Y si alguna vez Puzzle intentaba discutir por algo, Triquiñuela siempre decía:

—Vamos, Puzzle, yo sé mejor que tú lo que hay que hacer. Ya sabes que no eres inteligente, *amigo*.

Y éste siempre respondía:

—No, Triquiñuela. Es muy cierto. No soy inteligente.

Luego suspiraba y hacía lo que su compañero había ordenado.

Una mañana de principios de año la pareja salió a pasear por la orilla del estanque del Caldero. El estanque del Caldero es el gran embalse situado justo bajo los riscos del extremo occidental de Narnia. La gran cascada cae a su interior con un ruido que recuerda un tronar interminable y el río de Narnia fluye a raudales por el otro lado. El salto de agua mantiene el estanque siempre en movimiento y con un borboteo y agitación constantes, como si estuviera en ebullición, y de ahí, claro está, le viene su nombre de estanque del Caldero. Su época de mayor ebullición es a principios de primavera, cuando la cascada está muy crecida por toda la nieve que se ha fundido en las montañas situadas más allá de Narnia, en el territorio salvaje del oeste, de donde proviene el río. Mientras contemplaban el estanque, Triquiñuela señaló de repente con su dedo oscuro y flaco y dijo:

—¡Mira! ¿Qué es eso?

—¿Qué es qué? —preguntó Puzzle.

—Esa cosa amarilla que acaba de bajar por la cascada. ¡Mira! Ahí está otra vez, flotando. Debemos averiguar qué es.

—¿Debemos?

—Desde luego que sí —dijo Triquiñuela—. Podría ser algo útil. Anda, salta al estanque como un buen chico y sácalo. Entonces podremos verlo bien.

—¿Saltar dentro del estanque? —inquirió el burro, moviendo las orejas.

—Y ¿cómo quieres que lo atrapemos si no lo haces? —replicó el mono.

—Pero... pero —repuso Puzzle—, ¿no sería mejor que entraras tú? Porque, ¿sabes?, eres tú quien quiere saber qué es, y a mí no me interesa demasiado. Y tú tienes manos, ¿sabes? Puedes asir cosas tan bien como un hombre o un enano. Yo sólo tengo cascos.

—Hay que ver, Puzzle —dijo Triquiñuela—, no imaginaba que pudieras decir jamás una cosa así. No esperaba esto de ti, la verdad.

—Vaya, ¿qué he dicho que esté mal? —repuso el asno, hablando en un tono humilde, pues se daba cuenta de que el otro estaba profundamente ofendido—. Lo único que quería decir era que...

—Querías que entrara yo en el agua —replicó el mono—. ¡Cómo si no supieras perfectamente lo delicado que tenemos siempre el pecho los monos y lo fácilmente que nos resfriamos! Muy bien. Entraré yo. Siento mucho frío con este viento tan cortante, pero entraré. Probablemente será mi muerte y entonces te arrepentirás de ello.

La voz de Triquiñuela sonó como si estuviera a punto de deshacerse en lágrimas.

—Por favor, no lo hagas, por favor, por favor —dijo Puzzle, medio rebuznando y medio hablando—. No quería decir nada parecido, Triquiñuela, desde luego que no. Ya sabes lo estúpido que soy. Soy incapaz de pensar en más de una cosa a la vez. Me había olvidado de la debilidad de tu pecho. Claro que entraré yo. Ni se te ocurra hacerlo tú. Prométeme que no lo harás, Triquiñuela.

El mono lo prometió, y Puzzle rodeó el borde rocoso del estanque con gran ruido de sus cuatro cascos en busca de un lugar de acceso. Aparte del frío no tenía ninguna gracia meterse en aquellas aguas arremolinadas y espumeantes, y el asno permaneció quieto y tembloroso durante un minuto entero antes de decidirse. Pero entonces Triquiñuela le gritó desde atrás:

—Tal vez sea mejor que lo haga yo, Puzzle.

Y cuando el asno lo oyó se apresuró a decir:

—No, no. Lo prometiste. Ya entro. —Y se metió en el agua.

Una masa enorme de espuma le golpeó la cara, inundó su boca de agua y lo cegó. A continuación se hundió por completo durante unos segundos y cuando volvió a salir se encontraba en otra zona distinta del estanque. Entonces el remolino lo atrapó y le hizo dar vueltas y vueltas, cada vez más de prisa, hasta llevarlo justo debajo de la cascada misma, y la fuerza del agua lo empujó hacia abajo más y más; tanto, que creyó que no podría contener la respiración hasta volver a la superficie. Y cuando consiguió salir y acercarse por fin un poco a la cosa que intentaba atrapar, ésta se alejó de él hasta ir a parar también a la catarata y hundirse hasta el fondo bajo la fuerza del agua. Cuando volvió a salir a flote se encontraba todavía más lejos.

Finalmente, cuando el asno estaba ya casi exhausto, lleno de contusiones y entumecido por el frío, consiguió agarrar la cosa con los dientes. Salió del agua con el objeto en la boca y se enredó los cascos delanteros en él, pues era tan grande como una alfombra grande de chimenea y resultaba muy pesado, frío y viscoso.

Lo arrojó al suelo frente a Triquiñuela y se quedó allí parado, chorreando y tiritando mientras intentaba recuperar el aliento. Pero el mono no lo miró ni le preguntó cómo se encontraba, pues estaba demasiado ocupado dando vueltas y más vueltas a la cosa, extendiéndola, dándole golpecitos y olisqueándola. Luego una lucecilla perversa apareció en sus ojos y dijo:

—Es una piel de león.

—Eeeh... uh... uh... Vaya, ¿eso es? —jadeó el asno.

—Me pregunto... me pregunto... me pregunto —dijo Triquiñuela para sí, pues pensaba muy intensamente.

—Yo me pregunto quién mató al pobre león —indicó Puzzle al cabo de un rato—. Habría que enterrarlo. Debemos hacer un funeral.

—Va, no era un león parlante —replicó Triquiñuela—. No tienes por qué preocuparte por eso. No hay bestias parlantes más allá de la cascada, allí en las tierras salvajes del oeste. Esta piel, sin duda, pertenecía a un león salvaje y necio.

Eso, dicho sea de paso, era cierto. Un cazador, un hombre, había matado y despellejado a aquel león en algún lugar de las tierras salvajes del oeste varios meses antes; pero eso no forma parte de esta historia.

—De todos modos, Triquiñuela —siguió el asno—, incluso aunque la piel sólo perteneciera a un león salvaje y necio, ¿no deberíamos darle un entierro decente? Quiero decir, ¿no son todos los leones... digamos, seres importantes?, ya sabes por qué lo digo.

—No le des tantas vueltas, Puzzle —replicó el mono—. Porque ya sabes que pensar no es tu punto fuerte. Convertiremos esta piel en un excelente y cálido abrigo de invierno para ti.

—No me gusta mucho la idea —contestó él—. Parecería..., quiero decir que las otras bestias podrían pensar... es decir, no me sentiría...

—¿De qué hablas? —interrumpió Triquiñuela, rascándose al revés, como hacen los monos.

—No creo que resulte respetuoso con el Gran León, con Aslan, que un asno como yo vaya por ahí vestido con una piel de león —respondió Puzzle.

—No te quedes ahí divagando por favor —dijo el otro—. ¿Qué sabe un asno como tú de esas cosas? No hace falta que te recuerde que no sirves para pensar, Puzzle, así que ¿por qué no dejas que piense yo por ti? ¿Por qué no me tratas como yo te trato a ti? Yo no creo que sea capaz de hacerlo todo. Sé que tú eres mejor que yo en ciertas cosas. Por eso te dejé entrar en el estanque; sabía que lo harías mejor que yo. Pero ¿por qué no dejas que actúe cuando se trata de algo que yo puedo hacer y tú no? ¿Es que jamás se me permitirá hacer nada? Sé justo. Piénsalo un poco.

—Vaya, desde luego, si lo expones así.

—Te diré una cosa —siguió el mono—. Será mejor que bajes a trote ligero hasta Chippingford y veas si tienen naranjas o plátanos.

—Pero estoy agotado, Triquiñuela —alegó Puzzle.

—Sí, pero estás helado y mojado. Lo que necesitas es algo que te haga entrar en calor, y un veloz trote hará maravillas. Además, hoy es día de mercado en Chippingford.

Y, claro, Puzzle dijo que iría.

En cuanto se quedó solo, Triquiñuela marchó arrastrando los pies, en ocasiones sobre dos patas y en otras sobre las cuatro, hasta alcanzar su árbol. A continuación se aupó con un balanceo de rama en rama, parloteando y sin dejar de sonreír de oreja a oreja, y entró en su casita. Allí encontró aguja, hilo y unas tijeras grandes; pues era un mono inteligente y los enanos le habían enseñado a coser. Se introdujo el ovillo de hilo —era un material muy grueso, más parecido a cuerda que a hilo— en la boca de modo que la mejilla se le hinchó como si chupara un caramelo enorme, sujetó la aguja entre los labios y agarró las tijeras con la mano izquierda. Luego descendió del árbol y marchó con paso desgarbado hasta donde estaba la piel de león. Se acuclilló y empezó a trabajar.

Comprobó de inmediato que el cuerpo de la piel de león sería demasiado largo para Puzzle, y

el cuello, demasiado corto. Así pues, cortó un buen pedazo del cuerpo y lo usó para confeccionar un cuello largo para el del asno. A continuación cortó la cabeza y cosió el cuello entre la cabeza y los hombros. Colocó hebras en ambos lados de la piel para poder atarlo bajo el pecho y el estómago de Puzzle. De vez en cuando pasaba un pájaro en lo alto y Triquiñuela detenía el trabajo, echando una ansiosa mirada al cielo. No quería que nadie viera lo que hacía, pero, como ninguna de las aves que vio era un pájaro parlante, no le importó.

Puzzle regresó entrada la tarde. No trotaba sino que caminaba pesada y pacientemente, tal como hacen los asnos.

—No había naranjas —anunció— ni plátanos. Y estoy muy cansado. —Se acostó en el suelo.

—Ven y pruébate tu hermoso abrigo de piel de león —dijo Triquiñuela.

—Al diablo con esa piel —refunfuñó Puzzle—. Ya me la probaré por la mañana. Esta noche estoy cansado.

—Eres un antipático, Puzzle —replicó el mono—. Si tú estás cansado, ¿cómo crees que estoy yo? Durante todo el día, mientras has estado disfrutando de un reconfortante paseo hasta el valle, yo me he dedicado a trabajar mucho para hacerte

un abrigo. Tengo las manos tan agotadas que apenas puedo sostener estas tijeras. Y ahora no quieres ni darme las gracias. Y ni siquiera has mirado el abrigo, ni te importa... Y... y...

—Mi querido Triquiñuela —dijo Puzzle, levantándose al instante—. Lo siento tanto. Me he comportado muy mal. Desde luego que me encantará probármelo. Y tiene un aspecto espléndido. Pruébamelo en seguida, por favor.

—Bien, pues quédate quieto entonces —indicó el mono.

La piel era demasiado pesada para levantarla, pero al final, tras mucho estirar, empujar, resoplar y bufar, consiguió colocarla sobre el asno. La ató por debajo del cuerpo de Puzzle y sujetó las patas y la cola a las del asno. Se veía un buen trozo del hocico y el rostro gris de Puzzle a través de la boca abierta de la cabeza del león y nadie que hubiera visto jamás un león auténtico se habría dejado engañar ni por un instante. Pero si alguien que nunca había visto un león miraba a Puzzle con su piel de león encima, tal vez podría confundirlo con uno, si no se acercaba demasiado, si la luz era tenue y si el asno no soltaba un rebuzno ni hacía ruido con los cascos.

—Tienes un aspecto magnífico, magnífico —dijo el mono—. Si alguien te viera, pensaría que eres Aslan, el Gran León.

—Sería horrible —replicó Puzzle.

—No, ¡qué va! —contestó Triquiñuela—. Todos harían lo que les pidieras.

—Pero no quiero pedirles nada.

—¿Ah no? ¡Piensa en el bien que podríamos hacer! Me tendrías a mí para aconsejarte, ya sabes. Pensaría órdenes sensatas para que las dijeras. Y todos tendrían que obedecernos, incluso el rey. Arreglaríamos las cosas en Narnia.

—Pero ¿acaso no va todo bien ya? —inquirió el asno.

—¡Qué! —exclamó Triquiñuela—. ¿Va todo bien cuando no hay ni naranjas ni plátanos?

—Bueno, ya sabes que no hay mucha gente, mejor dicho, no creo que haya nadie excepto tú, que quiera esas cosas.

—También está el azúcar —indicó Triquiñuela.

—Humm, sí —repuso Puzzle—. Me encantaría que hubiera más azúcar.

—Bien, pues, queda decidido —declaró el mono—. Fingirás ser Aslan y te diré qué debes pedir.

—No, no, no. No digas esas cosas. Sé que estaría mal, Triquiñuela. Puede que no sea muy inteligente pero eso sí lo sé. ¿Qué nos pasaría si apareciera el auténtico Aslan?

—Imagino que estaría muy complacido —respondió el mono—. Probablemente nos ha enviado la piel de león a propósito, para que podamos arreglar las cosas. De todos modos, jamás aparece, ya lo sabes. Y menos en estos tiempos.

En aquel momento se oyó un trueno tremendo justo encima de sus cabezas y el suelo tembló con un pequeño terremoto. Los dos animales perdieron el equilibrio y cayeron de bruces.

—¿Lo ves? —jadeó Puzzle en cuanto recuperó el aliento necesario para hablar—. Es una señal, una advertencia. Sabía que hacíamos algo terriblemente malvado. Quítame esta asquerosa piel ahora mismo.

—No, no —respondió su compañero, cuya mente trabajaba muy rápido—, es una señal de todo lo contrario. Estaba a punto de decir que si «el auténtico Aslan», como tú lo llamas, quisiera que siguiéramos adelante con esto, nos enviaría un trueno y un temblor de tierra. Lo tenía justo en la punta de la lengua, sólo que la señal llegó antes de que pudiera expresarlo en palabras. Tienes que hacerlo, Puzzle. Y, por favor, dejemos de discutir. Sabes que no entiendes de estas cosas. ¿Qué va a saber un asno de señales?

CAPÍTULO 2

La impetuosidad del rey

Unas tres semanas después, el último de los reyes de Narnia estaba sentado bajo el gran roble que crecía junto a la puerta de su pabellón de caza, donde a menudo permanecía unos diez días durante el agradable tiempo primaveral. Era un edificio bajo con el techo de paja, situado no muy lejos del extremo oriental del Erial del Farol y un poco por encima del punto de unión de los dos ríos. Le encantaba vivir allí con sencillez y tranquilidad, lejos del lujo y la ceremonia de Cair Paravel, la ciudad real. Se llamaba rey Tirian, y tenía entre veinte y veinticinco años; su espalda era ancha y fuerte, y las extremidades llenas de potente musculatura, aunque su barba era aún escasa. Tenía los ojos azules y un rostro intrépido y honrado.

No había nadie con él aquella mañana de primavera excepto su mejor amigo, el unicornio Perla. Se querían como hermanos y cada uno había salvado la vida al otro durante las guerras. La señorial bestia estaba junto al sillón del rey con el cuello doblado hacia un lado, abrillantándose el cuerno azul sobre la blancura cremosa de su flanco.

—Hoy me veo incapaz de trabajar o de hacer deporte, Perla —dijo el rey—. Me es imposible pensar en algo que no sea esa noticia maravillosa. ¿Crees que hoy nos enteraremos de más cosas?

—Son las nuevas más increíbles que se hayan escuchado en nuestro tiempo o en el de nuestros padres o abuelos, señor —respondió Perla—; si son ciertas.

—¿Cómo pueden no serlo? —inquirió el monarca—. Hace más de una semana que los primeros pájaros vinieron volando a vernos y a decirnos «Aslan está aquí, Aslan ha regresado a Narnia». Y después de ellos fueron las ardillas. No lo han visto, pero aseguraron que estaba en el bosque. Luego vino el ciervo. Dijo que lo había visto con sus propios ojos, a gran distancia, a la luz de la luna, en el Erial del Farol. A continuación llegó el hombre moreno de barba, el comerciante de Calormen. Los calormenos no sienten afecto por Aslan como nosotros; pero el hombre lo mencionó como algo fuera de toda duda. Y anoche apareció el tejón; también él había visto a Aslan.

—Realmente, majestad —respondió el unicornio—, lo creo. Si parezco no hacerlo es sólo porque mi júbilo es demasiado grande para permitir que mi creencia se aposente. Es casi demasiado hermoso para creerlo.

—Sí —asintió el rey con un gran suspiro, casi un estremecimiento, de placer—, está más allá de todo lo que jamás esperé en toda mi vida.

—¡Escuchad! —dijo Perla, ladeando la cabeza a un lado y echando las orejas al frente.

—¿Qué es?

—Cascos, majestad. Un caballo al galope. Un caballo muy pesado. Debe de ser uno de los centauros. Y mirad, ahí está.

Un centauro enorme, de barba dorada, con el sudor de un hombre en la frente y el de un caballo en los flancos color castaño, llegó corriendo ante el rey, se detuvo e hizo una profunda reverencia.

—Saludos, majestad —exclamó con una voz profunda como la de un toro.

—Eh, los de ahí —dijo el rey, mirando por encima del hombro en dirección a la puerta del pabellón de caza—, un cuenco de vino para el noble centauro. Bienvenido, Roonwit. Cuando hayas recuperado el aliento cuéntanos qué te trae aquí.

Un paje salió de la casa trayendo un gran cuenco de madera, minuciosamente tallado, y se lo entregó al centauro. Éste alzó el recipiente y dijo:

—Bebo primero a la salud de Aslan y, si me permitís, en segundo lugar a la de su majestad.

Se terminó el vino, que habría saciado a seis hombres fuertes, de un trago y devolvió el cuenco vacío al paje.

—Bien, Roonwit —dijo el rey—, ¿nos traes más noticias de Aslan?

—Señor —respondió él con expresión solemne, frunciendo un poco el entrecejo—, ya sabéis cuánto tiempo he vivido y estudiado las estrellas; pues nosotros los centauros vivimos más tiempo que vosotros los hombres, incluso más que los de tu raza, unicornio. Jamás en todos los días de mi vida he visto cosas tan terribles escritas en los cielos como las que han aparecido todas las noches desde que comenzó el año. Las estrellas no dicen nada sobre la venida de Aslan, ni tampoco sobre paz o alegría. Sé por mi arte que conjunciones tan desastrosas no se han dado en quinientos años.

»Tenía ya en mente venir y advertir a su majestad de que alguna gran desgracia pende sobre Narnia. Pero anoche me llegó el rumor de que Aslan anda por aquí. Señor, no creáis esa historia. No puede ser cierta. Las estrellas no mienten nunca, pero los hombres y las bestias sí. Si Aslan viniera realmente a Narnia, el cielo lo habría pronosticado. Si realmente fuera a venir, todas las estrellas más halagüeñas se habrían reunido en su honor. Es todo mentira.

—¡Mentira! —gritó el rey con ferocidad—. ¿Qué criatura en Narnia o en todo el mundo osaría mentir sobre tal cuestión? —Y sin darse cuenta, posó la mano sobre la empuñadura de la espada.

—Lo ignoro, majestad —respondió el centauro—, pero sé que hay mentirosos en la Tierra; en las estrellas no hay ninguno.

—Me pregunto —dijo Perla— si Aslan no podría venir incluso a pesar de que las estrellas pronosticaran otra cosa. No es esclavo de las estre-

31

llas, sino su creador. ¿No se ha dicho en todos los relatos antiguos que no es un león domesticado?

—Bien dicho, bien dicho, Perla —exclamó el monarca—. Ésas son las palabras exactas: «No es un león domesticado». Aparece en muchos relatos.

Roonwit acababa de alzar la mano y se inclinaba hacia delante para decir algo con gran seriedad al rey cuando los tres volvieron la cabeza al oír un gemido que se acercaba con rapidez. El bosque era tan espeso al oeste de ellos que aún no podían ver al recién llegado; pero sus palabras no tardaron en llegarles.

—¡Ay de mí, ay de mí, ay de mí! —gritaba la voz—. ¡Lloremos por mis hermanos y hermanas! ¡Lloremos por los árboles sagrados! Arrasan los bosques. Se vuelve a descargar el hacha contra nosotros. Árboles enormes caen, caen y caen.

Con el último «caen» el orador apareció ante su vista. Parecía una mujer, pero era tan alta que su cabeza quedaba a la misma altura que la del centauro; sin embargo, también era como un árbol. Resulta difícil de explicar si no has visto nunca una dríade, pero son inconfundibles una vez que las has visto; hay algo característico en el color, la voz, el pelo... El rey Tirian y las dos bestias supieron al momento que era la ninfa de una haya.

—¡Justicia, majestad! —gritó—. Venid en nuestra ayuda. Proteged a nuestro pueblo. Nos están talando en el Erial del Farol. Cuarenta grandes troncos de mis hermanos y hermanas ya han caído al suelo.

—¿Qué decís, señora? ¿Están talando en el Erial del Farol? ¿Asesinando los árboles parlantes? —exclamó el monarca, incorporándose de un salto y desenvainando la espada—. ¿Cómo se atreven? Y ¿quién se atreve? Por la melena de Aslan...

—Aaah —jadeó la dríade, estremeciéndose como si fuera presa de un dolor terrible, como si estuviera recibiendo una sucesión de golpes.

Luego, de improviso, el ser cayó de costado tan repentinamente como si le acabaran de cortar los pies. Contemplaron su cuerpo sin vida sobre la hierba durante un segundo y luego éste se desvaneció. Comprendieron al momento lo que había sucedido. Su árbol, a kilómetros de distancia, acababa de ser talado.

Por un momento la pena y la cólera del rey fueron tan grandes que le resultó imposible hablar. Luego dijo:

—Vamos, amigos. Debemos marchar río arriba y encontrar a los villanos que han hecho esto, tan de prisa como nos sea posible. No dejaré ni a uno solo con vida.

—Majestad, os acompaño de buena gana —dijo Perla.

Pero Roonwit advirtió:

—Señor, tened cuidado incluso en vuestra justa ira. Suceden cosas extrañas. De haber rebeldes en armas más arriba del valle, somos sólo tres para enfrentarnos a ellos. Si quisierais aguardar mientras...

—No aguardaré ni la décima parte de un segundo —declaró el rey—. Pero mientras Perla y yo nos adelantamos, galopa tan de prisa como puedas hasta Cair Paravel. Aquí tienes mi anillo como prenda. Tráeme a una veintena de hombres armados, todos a caballo, una veintena de perros parlantes, diez enanos, un leopardo o dos y a Pie de Piedra, el gigante. Que todos ellos vengan a reunirse con nosotros cuanto antes.

—Encantado, majestad —respondió Roonwit, y se dio la vuelta para marchar al galope sin perder tiempo, por el valle, en dirección este.

El rey se puso en camino con grandes y veloces zancadas, en ocasiones rezongando para sí y en otras apretando los puños. Perla marchaba a su lado, sin decir nada, de modo que no producían ningún sonido a excepción del tenue tintineo de una preciosa cadena de oro que colgaba del cuello del unicornio y del repicar de dos pies y cuatro cascos.

No tardaron en llegar al río y remontar la corriente siguiendo una calzada cubierta de hierba: tenían el agua a la izquierda y el bosque a la derecha. Poco después llegaron a un lugar donde el suelo se tornaba más accidentado y el espeso bosque descendía hasta el borde del agua. La calzada, o lo que quedaba de ella, discurría entonces por la orilla meridional y tuvieron que vadear la corriente para alcanzarla. El agua le llegaba al rey hasta las axilas, pero Perla, que por sus cuatro patas mantenía mejor el equilibrio, se colocó a la derecha del monarca para reducir la fuerza de la corriente, Tirian rodeó con su fuerte brazo el fornido cuello del unicornio y ambos llegaron a la otra orilla sin problemas. El rey seguía tan enfadado que apenas advirtió lo fría que estaba el agua; no obstante, en cuanto salieron del río, secó la espada con sumo cuidado en el extremo superior de la capa, que era la única parte seca de su cuerpo.

Marchaban ahora en dirección sur con el río a la derecha y el Erial del Farol justo delante de ellos. No habían recorrido ni dos kilómetros cuando ambos se detuvieron y hablaron al mismo tiempo.

—¿Qué tenemos aquí? —dijo el rey.

—¡Mirad! —exclamó Perla.

—Es una balsa —indicó Tirian.

Y ciertamente lo era. Media docena de troncos magníficos, todos recién cortados y con las ramas recién podadas, habían sido atados para formar una balsa y descendían veloces por el río. En la parte delantera de la misma había una rata de agua con una pértiga para gobernarla.

—¡Eh! ¡Rata de agua! ¿Qué haces? —gritó el rey.

—Bajar troncos para venderlos a los calormenos, majestad —respondió la rata de agua, tocándose la oreja como habría podido tocarse la gorra de haber llevado una.

—¡Calormenos! —tronó Tirian—. ¿Qué quieres decir? ¿Quién ordenó que se talaran estos árboles?

El río fluye a tal velocidad en esa época del año que la balsa ya había dejado atrás al rey y a Perla; sin embargo, la rata de agua volvió la cabeza por encima del hombro y gritó:

—Órdenes del león, majestad. Del mismo Aslan. —Añadió algo más, pero no lo oyeron.

El rey y el unicornio intercambiaron miradas de asombro. Parecían más asustados de lo que lo habían estado jamás en la batalla.

—Aslan —dijo el monarca finalmente, en voz muy baja—. Aslan. ¿Podría ser verdad? ¿Acaso podría él mandar talar los árboles sagrados y asesinar a las dríades?

—A menos que las dríades hayan hecho algo atroz... —murmuró Perla.

—Pero ¿venderlos a los calormenos? —preguntó indignado el rey—. ¿Te parece normal?

—No sé —respondió Perla con abatimiento—. No es un león domesticado.

—Bueno —dijo el soberano finalmente—, debemos seguir adelante y aceptar la aventura que encontremos.

—Es lo único que podemos hacer, señor —repuso su acompañante.

En aquel momento el unicornio no comprendió lo estúpido de seguir adelante solos; ni tampoco lo hizo el rey. Estaban demasiado furiosos para pensar con claridad; pero al final, su impetuosidad fue el origen de muchas desgracias.

De repente, el rey se apoyó con fuerza en el cuello de su amigo e inclinó la cabeza.

—Perla —dijo—, ¿qué nos aguarda? Pensamientos horribles surgen de mi corazón. ¡Ojalá hubiéramos muerto antes de hoy! Así habríamos sido más felices.

—Sí —respondió él—. Hemos vivido demasiado. El peor acontecimiento del mundo ha caído sobre nosotros.

Permanecieron así durante uno o dos minutos y luego siguieron adelante.

No tardaron en oír el *chac-chac-chac* de unas hachas sobre los troncos, aunque no consiguieron ver nada debido a una elevación del terreno justo frente a ellos. Una vez que alcanzaron la cima pudieron contemplar ante sí el Erial del Farol, y el rey palideció al verlo.

Justo en el centro del antiguo bosque —aquel bosque en el que habían crecido en el pasado los árboles de oro y plata y en el que un niño de nuestro mundo había plantado el Árbol Protector— habían abierto ya una amplia senda. Era una senda horrible, como una herida en carne viva sobre el terreno, llena de surcos fangosos allí donde habían arrastrado por el suelo los árboles talados hasta el río. Una multitud de gente trabajaba, se oía un gran chasquear de látigos y había caballos que tiraban y se esforzaban arrastrando los troncos. Lo primero que llamó la atención del rey y del unicornio fue que la mitad de los que formaban la multitud no eran bestias parlantes, sino hombres, y lo siguiente fue que aquéllos no eran los hombres rubios de Narnia. Eran hombres morenos y barbudos procedentes de Calormen, aquel país enorme y cruel situado más allá de Archenland, al otro lado del desierto en dirección sur.

No había ningún motivo, desde luego, por el que uno no pudiera tropezarse con un calormeno o dos en Narnia —un mercader o un embajador—, pues había paz entre Calormen y Narnia en aquellos tiempos. Sin embargo, Tirian no comprendía cómo había tantos ni por qué talaban un bosque narniano. Sujetó con más fuerza la espada y se enrolló la capa en el brazo izquierdo mientras descendían veloces hasta donde estaban los hombres.

Dos calormenos conducían un caballo enganchado a un tronco, y en el mismo instante en que el rey llegaba hasta ellos el tronco acababa de atascarse en un lugar asquerosamente embarrado.

—¡Sigue, hijo de la pereza! ¡Tira, cerdo holgazán! —chillaban los calormenos, chasqueando los látigos.

El caballo se esforzaba todo lo que podía; tenía los ojos enrojecidos y estaba cubierto de espuma.

—Trabaja, bestia holgazana —gritó uno de los calormenos: y mientras lo decía azotaba salvajemente al animal con su látigo.

Fue entonces cuando sucedió lo peor.

Hasta aquel momento Tirian había dado por supuesto que los animales que los calormenos conducían eran sus propios caballos; animales mudos y estúpidos como los de nuestro mundo. Y aunque odiaba ver cómo se hacía trabajar en exceso a un animal sin intelecto, desde luego estaba más preocupado por el asesinato de los árboles. En ningún momento se le había pasado por la cabeza que alguien osara ponerle arreos a uno de los caballos parlantes libres de Narnia, y mucho menos que utilizara un látigo contra él. Pero mientras el salvaje golpe descendía, el caballo se alzó sobre las patas traseras y dijo, medio chillando:

—¡Idiota y tirano! ¿No ves que ya hago todo lo que puedo?

Cuando Tirian se dio cuenta de que el caballo era uno de los narnianos, se apoderó tal cólera de él y de Perla que perdieron el control de sus actos.

La espada del monarca se alzó, el cuerno del unicornio descendió, y ambos se abalanzaron al frente. En un instante los dos calormenos estaban muertos, uno decapitado por la espada de Tirian y el otro con el corazón atravesado por el cuerno de Perla.

CAPÍTULO 3

El mono en toda su gloria

—Maese caballo, maese caballo —dijo Tirian mientras le cortaba a toda prisa los tirantes del arnés—. ¿Por qué te han esclavizado estos forasteros? ¿Ha sido conquistada Narnia? ¿Ha habido una batalla?

—No, majestad —jadeó el caballo—. Aslan está aquí. Es todo debido a sus órdenes. Ha ordenado...

—Cuidado, peligro, majestad —dijo Perla.

Tirian alzó los ojos y vio que calormenos —mezclados con unas pocas bestias parlantes— empezaban a correr hacia ellos desde todas las direcciones. Los dos hombres habían muerto sin lanzar un grito y por lo tanto había transcurrido un momento antes de que el resto de la multitud supiera lo que acababa de suceder. Pero ahora lo sabían. La mayoría empuñaba cimitarras.

—¡Rápido! ¡Sobre mi lomo! —indicó Perla.

El monarca montó a horcajadas sobre su viejo amigo, que dio la vuelta y marchó al galope. Cambió de dirección dos o tres veces en cuanto estuvieron fuera de la vista de sus enemigos, cruzó un arroyo y gritó sin aminorar la marcha.

—¿Adónde, señor? ¿A Cair Paravel?

—Detente, amigo —ordenó Tirian—. Déjame bajar.

Saltó del unicornio y se colocó frente a él.

—Perla —dijo—, hemos hecho algo terrible.

—Recibimos una terrible provocación.

—Pero saltar sobre ellos hallándolos desprevenidos... sin desafiarlos... mientras estaban desarmados... ¡Fu! Somos dos asesinos, Perla. He quedado deshonrado para siempre.

El unicornio inclinó la cabeza. También él estaba avergonzado.

—Y luego —siguió el rey— el caballo dijo que eran órdenes de Aslan. La rata dijo lo mismo. Todos dicen que Aslan está aquí. ¿Y si fuera cierto?

—Pero, majestad, ¿cómo podría Aslan ordenar cosas tan espantosas?

—No es un león domesticado. ¿Cómo podemos saber lo que hará? Nosotros, que somos asesinos. Perla, regresaré. Entregaré mi espada, me pondré en manos de esos calormenos y les pediré que me

conduzcan ante Aslan. Que él dicte justicia sobre mi persona.

—Iréis a vuestra muerte —respondió él.

—¿Crees que me importa si Aslan me condena a muerte? —repuso el rey—. Eso no supondría nada, nada en absoluto. ¿No sería mejor morir que temer hasta lo más profundo que Aslan haya venido y no sea como el Aslan en el que hemos creído y al que hemos ansiado ver? Es como si el sol se alzara un día y fuera un sol negro.

—Lo sé —respondió Perla—, o como si uno bebiera agua y se tratara de agua seca. Tenéis razón, señor. Esto es el final de todas las cosas. Regresemos y entreguémonos.

—No es necesario que vayamos los dos.

—Si alguna vez hemos sentido afecto el uno por el otro, dejad que vaya con vos ahora. Si vos estáis muerto y si Aslan no es Aslan, ¿qué vida me queda?

Dieron media vuelta y regresaron andando juntos, derramando lágrimas.

En cuanto llegaron al lugar donde se llevaba a cabo la tarea, los calormenos iniciaron un griterío y fueron hacia ellos empuñando las armas. Pero el rey alargó la suya con la empuñadura hacia ellos y dijo:

—Yo que era rey de Narnia y soy ahora un ca-

ballero deshonrado me entrego a la justicia de
Aslan. Llevadme ante él.

—Y yo también me entrego —dijo Perla.

Entonces los hombres morenos los rodearon en
apretada multitud, olían a ajo y a cebolla y el blanco de los ojos centelleaba de un modo espantoso
en sus rostros morenos. Colocaron una cuerda alrededor del cuello del unicornio, y al rey le quitaron la espada y le ataron las manos atrás. Uno de
los calormenos, que llevaba un yelmo en lugar de
un turbante y parecía estar al mando, arrebató a
Tirian la corona de oro y se la guardó presuroso
en algún lugar entre sus ropas. Condujeron a los
dos prisioneros colina arriba hasta un lugar en el
que había un claro muy grande. Y esto fue lo que
vieron los prisioneros.

En el centro del claro, que era también el punto
más alto de la colina, había una cabaña pequeña
parecida a un establo, con un tejado de paja. Tenía
la puerta cerrada, y sobre la hierba frente a ella
había un mono sentado. Tirian y Perla, que esperaban ver a Aslan y todavía no habían oído men-
cionar nada sobre un mono, se sintieron muy desconcertados al verlo. El mono era, desde luego,
Triquiñuela, pero parecía diez veces más feo que
cuando vivía en el estanque del Caldero, pues
ahora iba disfrazado. Vestía una chaqueta escarla-

ta que no le quedaba bien, ya que había sido confeccionada para un enano. Llevaba zapatillas enjoyadas en las patas posteriores que no encajaban como debían porque, como sabrás, las patas de un mono son en realidad parecidas a las manos. En la cabeza lucía lo que parecía una corona de papel. Había un montón enorme de nueces junto a él y se dedicaba a partirlas con las mandíbulas y a escupir las cáscaras. Al mismo tiempo no dejaba de subirse la chaqueta escarlata constantemente para rascarse.

Un gran número de bestias parlantes estaba de pie frente a él, y casi todos los rostros de aquella multitud mostraban un aspecto desdichado y perplejo. Cuando vieron quiénes eran los prisioneros, todos gimieron y lloriquearon.

—Lord Triquiñuela, portavoz de Aslan —dijo el jefe calormeno—, os traemos prisioneros. Mediante nuestra habilidad y valor y con el permiso del gran dios Tash hemos tomado vivos a estos dos asesinos peligrosos.

—Dadme la espada de ese hombre —ordenó el mono.

Así que tomaron la espada del rey y la entregaron, con el talabarte y todo lo demás, al mono. Éste se la colgó al cuello: aquello hizo que pareciera aún más ridículo.

—Ya nos ocuparemos de ellos dos más tarde —indicó el mono, escupiendo una cáscara en dirección a los dos prisioneros—. Tengo otros asuntos primero. Pueden esperar. Ahora escuchadme todos vosotros. Lo primero que quiero decir se refiere a las nueces. ¿Adónde ha ido esa ardilla jefe?

—Estoy aquí, señor —dijo una ardilla roja, adelantándose y haciendo una nerviosa reverencia.

—Vaya, estás aquí, ¿no es cierto? —repuso el mono con una expresión desagradable—. Pues préstame atención. Quiero... mejor dicho, Aslan quiere... unas cuantas nueces más. Estas que has traído no son suficientes. Debes traer más, ¿lo oyes? El doble. Y tienen que estar aquí al ponerse el sol mañana, y no debe haber ninguna mala ni pequeña entre ellas.

Un murmullo de desaliento recorrió a las otras ardillas, y la ardilla jefe se armó de valor para decir:

—Por favor, ¿podría Aslan hablar de eso con nosotras? Si se nos permitiera verlo...

—Bueno, pues no lo veréis —replicó el mono—. Tal vez sea muy amable, aunque es más de lo que la mayoría de vosotros merecéis, y salga unos minutos esta noche. Entonces podréis echarle un vistazo. Pero no piensa permitir que os amontonéis a su alrededor y lo acoséis con preguntas. Cualquier cosa que queráis decirle tendrá que pasar por mí: si considero que es algo por lo que valga la pena molestarlo, se lo diré; entretanto, todas vosotras, ardillas, será mejor que vayáis a ocuparos de las nueces. Y aseguraos de que estén aquí mañana por la tarde o, os lo prometo, ¡os pesará!

Las pobres ardillas se marcharon corriendo igual que si las persiguiera un perro. Aquella nueva orden resultaba una noticia terrible para ellas. Las nueces que habían acumulado con sumo cuidado para el invierno casi habían sido ya consumidas; y de las pocas que quedaban le habían entregado al mono muchas más de las prescindibles.

Entonces una voz grave —que pertenecía a un jabalí peludo de colmillos enormes— habló desde otra parte de la multitud.

—Pero ¿por qué no podemos ver a Aslan como es debido y hablar con él? Cuando aparecía por

Narnia en los viejos tiempos todo el mundo podía hablar con él cara a cara.

—No lo creáis —respondió el mono—. E incluso aunque fuera cierto, los tiempos han cambiado. Aslan dice que ha sido excesivamente blando con vosotros, ¿comprendéis? Bueno, pues ya no va a ser blando nunca más. Os va a poner firmes esta vez. ¡Os dará un escarmiento si pensáis que es un león domesticado!

Gemidos y lloriqueos sordos surgieron de las bestias; y tras aquello, un silencio sepulcral que resultaba aún más deprimente.

—Y ahora hay otra cosa que debéis aprender —siguió el mono—. He oído que algunos de vosotros vais diciendo que soy un mono. Bueno, pues no lo soy. Soy un hombre, si tengo aspecto de mono es porque soy muy viejo: tengo cientos y cientos de años. Y debido a que soy tan viejo, soy muy sabio. Y debido a que soy tan sabio, soy el único a quien Aslan va a hablar jamás. No puede perder el tiempo hablando con un montón de animales estúpidos. Me dirá lo que tenéis que hacer y yo os lo comunicaré. Así que hacedme caso y procurad hacerlo el doble de rápido, pues no está dispuesto a tolerar impertinencias.

Se produjo otro silencio sepulcral a excepción del sonido de un tejón muy joven que lloraba y el de su madre intentando hacer que permaneciera en silencio.

—Y hay otra cosa —prosiguió el mono, introduciéndose una nuez en la boca—. He oído que algunos caballos decían: «Démonos prisa y acabemos con este trabajo de acarrear madera tan rápido como podamos, y luego volveremos a ser libres». Bueno, pues os podéis quitar esa idea de la cabeza ahora mismo. Y no me refiero sólo a los caballos. Todos los que puedan trabajar van a tener que trabajar en el futuro. Aslan lo ha acordado con el rey de Calormen; el Tisroc, como lo llaman nuestros amigos calormenos de rostro moreno. Todos los caballos, toros y asnos seréis enviados a Calormen a trabajar para ganaros la vida: tirando y transportando igual que hacen los caballos y animales parecidos en otros países. Y todos los animales cavadores como los topos y conejos, y también los enanos, vais a ir a trabajar a las minas del Tisroc. Y...

—No, no, no —aullaron las bestias—. No puede ser cierto. Aslan jamás nos vendería como esclavos al rey de Calormen.

—¡Nada de eso! ¡Dejad de alborotar! —gritó el mono con un gruñido—. ¿Quién ha hablado de esclavitud? No seréis esclavos. Se os pagará; muy buenos salarios, además. Es decir, vuestra paga será entregada al tesoro de Aslan y él la usará para beneficio de todos.

Entonces echó una veloz mirada, y casi guiñó un ojo, al jefe calormeno.

El calormeno se inclinó y respondió, en el estilo pomposo de los suyos:

—Muy sapiente portavoz de Aslan, el Tisroc (que viva eternamente) está totalmente de acuerdo con vuestra señoría en este plan tan juicioso.

—¡Eso es! ¡Ahí lo tenéis! —dijo el mono—. Está todo dispuesto. Y es todo por vuestro bien. Con el dinero que ganéis podremos convertir Narnia en un país en el que valga la pena vivir. Habrá naranjas y plátanos en abundancia, y también carreteras, grandes ciudades, escuelas, oficinas, látigos, bozales, sillas de montar, jaulas, perreras y prisiones..., de todo.

—Pero no queremos esas cosas —protestó un oso anciano—. Queremos ser libres. Y queremos oír a Aslan hablar por sí mismo.

—No empecéis a discutir —replicó el mono—, pues es algo que no voy a tolerar. Soy un hombre: tú no eres más que un oso viejo, gordo y estúpido. ¿Qué sabéis vosotros de la libertad? Pensáis que libertad significa hacer lo que queráis. Bueno, pues estáis equivocados. Ésa no es libertad auténtica. Libertad auténtica significa hacer lo que os digo.

—Humm —gruñó el oso y se rascó la cabeza, pues encontraba todo aquello difícil de comprender.

—Por favor, por favor —dijo la voz aguda de una oveja lanuda, tan joven que todos se sorprendieron de que osara hablar.

—¿Qué sucede ahora? —preguntó el mono—. Habla rápido.

—Por favor —siguió la oveja—, no lo entiendo. ¿Qué tenemos que ver con los calormenos? Pertenecemos a Aslan. Ellos pertenecen a Tash. Tienen un dios llamado Tash. Dicen que tiene cuatro brazos y la cabeza de un buitre, y matan hombres en su altar. No creo que exista alguien como Tash; pero incluso aunque existiera, ¿cómo podría Aslan ser amigo suyo?

Todos los animales ladearon la cabeza y todos los ojos brillantes centellearon en dirección al mono. Sabían que era la mejor pregunta que se había hecho hasta el momento.

El mono pegó un salto en el aire y escupió a la oveja.

—¡Criatura! —siseó—. ¡Estúpido animal balador! Ve con tu madre y bebe leche. ¿Qué entiendes tú de tales cosas? Pero vosotros, escuchad. Tash no es más que otro nombre de Aslan. Toda esa antigua idea de que nosotros estamos en lo cierto y los calormenos equivocados es una tontería. Ahora lo sabemos. Los calormenos usan palabras diferentes, pero todos queremos decir lo mismo. Tash y Aslan son únicamente dos nombres distintos para ya sabéis quién. Por eso jamás puede existir ninguna disputa entre ellos. Meteos esto en la sesera, bestias estúpidas. Tash es Aslan: Aslan es Tash.

Ya sabes lo triste que puede parecer el rostro de un perrito a veces. Piensa en eso y luego piensa en todos los rostros de aquellas pobres bestias parlantes —todos aquellos honrados, humildes y desconcertados pájaros, osos, tejones, conejos, topos y ratones; todos mucho más tristes que un perrito. Todas las colas estaban bajadas, y todos los bigotes, alicaídos. Le habría partido el corazón a cualquiera ver sus lastimeros rostros. Únicamente había uno que no parecía en absoluto desdichado.

Era un gato anaranjado —un enorme macho en la flor de la vida— sentado muy erguido, con la cola enrollada alrededor de las garras, justo en primera fila de todos los animales. Había contemplado con fijeza al mono y al capitán calormeno todo el tiempo sin parpadear ni una sola vez.

—Excusadme —dijo el gato con suma educación—, pero esto me interesa. ¿Dice lo mismo vuestro amigo de Calormen?

—Sin la menor duda —respondió éste—. El iluminado mono... hombre, quiero decir... está en lo cierto. Aslan no significa ni más ni menos que Tash.

—¿Estáis diciendo que Aslan no significa más que Tash? —sugirió el gato.

—Nada más, en absoluto —declaró el calormeno, mirando al gato directamente al rostro.

—¿Es eso suficiente para ti, Pelirrojo? —inquirió el mono.

—Por supuesto —respondió éste con frialdad—. Muchas gracias. Sólo quería que quedara claro. Creo que empiezo a comprender.

Hasta aquel momento ni el rey ni Perla habían dicho nada: aguardaban hasta que el mono les pidiera que hablaran, pues pensaban que no servía de nada interrumpir. Pero entonces, cuando paseó la mirada por los rostros desdichados de los narnianos, y vio que todos creerían que Aslan y Tash eran uno y lo mismo, Tirian ya no pudo soportarlo más.

—¡Mono! —chilló con voz sonora—, mientes. Mientes de un modo infame. Mientes como un calormeno. Mientes como un mono.

Su intención era seguir hablando y preguntar cómo el terrible dios Tash, que se alimentaba de la sangre de su propia gente, podía ser igual que el buen león que había salvado a Narnia con su propia sangre. De habérsele permitido hablar, el dominio del mono podría haber finalizado aquel mismo día; las bestias podrían haber comprendido la verdad y derrocado al mono. Pero antes de que pudiera decir otra palabra dos calormenos lo golpearon en la boca con todas sus fuerzas, y un tercero, por detrás, lo derribó de una patada en los pies. Y mientras caía, el mono chilló enfurecido y aterrorizado:

—Llevaoslo. Llevaoslo. Llevadlo a donde no pueda oírnos, ni nosotros oírlo a él. Una vez allí, atadlo a un árbol. Aplicaré... quiero decir, Aslan aplicará justicia sobre él más tarde.

CAPÍTULO 4

Lo que sucedió aquella noche

El rey estaba tan mareado a causa de los golpes, que apenas supo lo que sucedía hasta que los calormenos le desataron las muñecas, le pusieron los brazos estirados y pegados a los costados y lo colocaron con la espalda apoyada contra un fresno. Luego lo ataron con cuerdas por los tobillos, las rodillas, la cintura y el pecho y lo dejaron allí. Lo que más le preocupó en aquel momento —pues son a menudo las cosas insignificantes las más difíciles de soportar— fue que el labio le sangraba debido al golpe recibido y no podía limpiarse el fino hilillo de sangre a pesar de que le hacía cosquillas.

Desde donde estaba veía aún el pequeño establo situado en lo alto de la colina y al mono sentado frente a él. También oía la voz del mono y, de vez en cuando, alguna respuesta de la multitud, pero no conseguía distinguir las palabras.

«Me gustaría saber qué le han hecho a Perla», pensó.

Por fin el grupo de animales se disolvió y empezaron a dispersarse. Algunos pasaron cerca de Tirian, y lo miraron como si estuvieran a la vez asustados y compadecidos de verlo atado, pero ninguno dijo nada. No tardaron en desaparecer todos y el silencio reinó en el bosque. Transcurrieron horas y horas y Tirian empezó a sentirse primero muy sediento y luego muy hambriento; y a medida que pasaba lentamente la tarde para convertirse en atardecer, también empezó a sentir frío. La espalda le dolía muchísimo. El sol se ocultó y comenzó a anochecer.

Cuando era casi de noche, Tirian oyó un ligero repicar de pies y vio a algunas criaturas pequeñas que avanzaban hacia él. Las tres de la izquierda eran ratones, y había un conejo en el centro; a la derecha iban dos topos. Estos dos transportaban pequeñas bolsas sobre los lomos que les proporcionaban un aspecto curioso en la oscuridad, de modo que el monarca se preguntó al principio qué clase de bestias serían. Luego, en un instante, todos estuvieron erguidos sobre las patas traseras, apoyando las frías patas delanteras en las rodillas del rey, mientras daban a éstas resoplantes besos animales. (Alcanzaban sus rodillas porque las bestias parlantes de Narnia son más grandes que los animales mudos de la misma raza que tenemos en nuestro mundo.)

—¡Su majestad! Querida majestad —dijeron con sus voces agudas—, lo sentimos tanto por vos. No nos atrevemos a desataros porque Aslan podría enojarse con nosotros. Pero os hemos traído cena.

Al momento el primer ratón trepó ágilmente por él hasta encaramarse en la cuerda que sujetaba el pecho de Tirian y empezó a arrugar el chato hocico justo frente al rostro del monarca. Luego, el segundo ratón trepó también y se colocó justo debajo del primero. Los otros animales permanecieron en el suelo y fueron entregando cosas a los de arriba.

—Bebed, señor, y en seguida os hallaréis en condiciones de comer —dijo el ratón situado más arriba.

Tirian descubrió que le acercaban una diminuta taza de madera a los labios. Era del tamaño de una taza para huevo duro, de modo que apenas pudo saborear el vino antes de que estuviera vacía. Pero entonces el ratón la pasó hacia abajo y sus compañeros volvieron a llenarla y a entregarla a los de arriba, de modo que Tirian la vació por segunda vez. Siguieron así hasta que hubo tomado un buen trago, que fue mucho mejor al llegar en pequeñas dosis, pues se sacia mejor la sed así que con un solo trago largo.

—Aquí tenéis queso, majestad —dijo el primer ratón—, pero no demasiado, no sea que os dé mucha sed.

Después del queso lo alimentaron con galletas de avena y mantequilla, y luego con un poco más de vino.

—Ahora subid el agua —indicó el primer ratón—, y lavaré el rostro del rey. Tiene sangre.

Tirian sintió que algo parecido a una esponja diminuta le daba golpecitos en el rostro, y lo encontró muy reconfortante.

—Pequeños amigos —dijo—, ¿cómo puedo agradeceros todo esto?

—No es necesario, no es necesario —respondieron las diminutas voces—. ¿Qué otra cosa podíamos hacer? No queremos a ningún otro rey. Somos vuestro pueblo. Si fueran sólo el mono y los calormenos quienes estuvieran en vuestra contra habríamos peleado hasta caer hechos pedazos antes que permitir que os ataran. Lo habríamos hecho, ya lo creo que lo habríamos hecho. Pero no podemos ir en contra de Aslan.

—¿Realmente creéis que es Aslan? —preguntó el rey.

—Sí, sí —contestó el conejo—. Anoche salió del establo. Todos lo vimos.

—¿Cómo era?

—Como un león enorme y terrible, desde luego —dijo uno de los ratones.

—¿Y creéis que es realmente Aslan quien está matando a las ninfas del bosque y convirtiéndoos en esclavos del rey de Calormen?

—Eso espantoso, ¿no es cierto? —replicó el segundo ratón—. Habría sido mejor si hubiéramos muerto antes de que esto empezara. Pero no hay duda al respecto. Todo el mundo dice que son órdenes de Aslan. Y lo hemos visto. No imaginábamos así a Aslan. Y pensar que... pensar que queríamos que regresara a Narnia.

—Parece que ha regresado muy enfadado esta vez —indicó el primer ratón—. Sin duda hemos hecho algo espantosamente malo sin saberlo. Nos debe de estar castigando por algo. Pero ¡creo que al menos debería decirnos por qué!

—Supongo que lo que hacemos ahora podría estar mal —sugirió el conejo.

—No me importa —replicó uno de los topos—. Lo haría otra vez.

Pero el resto dijo: «Chist» y luego «Ten cuidado», y finalmente todos dijeron:

—Lo sentimos, querido rey, pero ahora debemos regresar. No sería nada bueno que nos descubrieran aquí.

—Marchad al instante, bestias queridas —indicó Tirian—. Ni por toda Narnia querría poneros en peligro.

—Buenas noches, buenas noches —se despidieron los animales, restregando los hocicos contra sus rodillas—. Regresaremos... si podemos.

Luego se alejaron correteando y el bosque pareció más oscuro, frío y solitario que antes de que fueran a visitarlo.

Las estrellas hicieron su aparición y el tiempo transcurrió despacio —ya puedes imaginar hasta qué punto— mientras el último rey de Narnia permanecía de pie, entumecido y dolorido, atado al árbol. Pero finalmente, algo sucedió.

A lo lejos apareció una luz roja. A continuación desapareció por un momento y volvió a aparecer más grande y luminosa. Después, Tirian distinguió figuras oscuras que iban de un extremo a otro en aquel lado de la luz, transportando fardos que arrojaban al suelo. Entonces supo qué era lo

que contemplaba. Era una hoguera, recién encendida, y la gente arrojaba haces de leña a su interior. No tardó en llamear y Tirian comprendió que estaba en la misma cima de la colina. Vio con toda claridad el establo detrás de ella, todo iluminado por el resplandor rojo, y una multitud de bestias y hombres entre el fuego y él. Una figura pequeña permanecía acuclillada junto al fuego, sin duda era el mono. Éste decía algo a los reunidos, pero el monarca no lo oía. Luego el animal se inclinó tres veces sobre el suelo frente al establo, para, a continuación, erguirse y abrir la puerta. Y algo que andaba sobre cuatro patas —algo que andaba con cierta dificultad— salió del establo y se detuvo de cara a la multitud.

Se oyeron grandes gemidos o aullidos, tan potentes que Tirian consiguió entender algunas de las palabras.

—¡Aslan! ¡Aslan! ¡Aslan! —chillaban los animales—. Háblanos. Reconfórtanos. No sigas enojado con nosotros.

Desde donde estaba, Tirian no podía distinguir con claridad lo que era aquella cosa, pero sí veía que era amarilla y peluda. Jamás había visto al Gran León. Nunca había visto a un león normal y corriente. No podía estar seguro de que lo que veía no fuera el auténtico Aslan. No había esperado que éste tuviera el aspecto de aquella criatura entumecida que permanecía inmóvil y sin hablar. Pero ¿cómo podía estar seguro? Por un momento pasaron por su cabeza pensamientos horribles: luego recordó la estupidez de que Tash y Aslan eran la misma cosa y comprendió que todo aquello debía de ser un engaño.

El mono acercó la cabeza hasta la del ser amarillo como si escuchara algo que éste le susurraba. Luego se volvió y habló a la multitud, y la multitud volvió a gemir. A continuación la cosa amarilla giró torpemente y anduvo —uno casi podría decir, anadeó— de regreso al establo y el mono cerró la puerta tras ella. Después, apagaron la hoguera, la luz desapareció repentinamente, y Tirian volvió a quedarse solo con el frío y la oscuridad.

Pensó en otros reyes que habían vivido y muerto en Narnia en épocas pasadas y le pareció que ninguno había sido tan desgraciado como él. Pensó en el bisabuelo de su bisabuelo, el rey Rilian, secuestrado por una bruja cuando era un príncipe joven y retenido durante años en las oscuras cuevas situadas bajo el territorio de los gigantes del norte. Pero al final todo se había solucionado, pues dos niños misteriosos habían aparecido de repente desde el país situado más allá del Fin del Mundo y lo habían rescatado, de modo que había regresado a su hogar en Narnia y disfrutado de un reinado largo y próspero.

—No sucede lo mismo conmigo —se dijo Tirian.

Luego hizo retroceder aún más la memoria y pensó en el padre de Rilian, Caspian el Navegante, al que su perverso tío el rey Miraz había intentado asesinar, y en cómo Caspian había huido a los bosques y vivido entre los enanos. Pero aquella historia también había tenido un final feliz: pues a Caspian también lo habían ayudado niños —sólo que en aquella ocasión fueron cuatro— que llegaron de algún lugar situado más allá del mundo, libraron una gran batalla y colocaron al muchacho en el trono de su padre.

—Pero eso fue hace mucho tiempo —volvió a decirse Tirian—. Esa clase de cosas ya no suceden.

Y a continuación recordó —pues siempre había sido bueno en historia cuando era niño— cómo aquellos mismos cuatro niños que habían ayudado a Caspian habían estado en Narnia mil años antes; y fue entonces cuando habían llevado a cabo las acciones más extraordinarias: habían derrotado a la terrible Bruja Blanca y puesto fin a los Cien Años de Invierno, y tras eso habían reinado (los cuatro juntos) en Cair Paravel, hasta que dejaron de ser niños y se convirtieron en reyes magníficos y reinas encantadoras, y su reinado había sido la Edad de Oro de Narnia. Y Aslan había aparecido muchas veces en aquella época. También había aparecido en todas las otras épocas, como Tirian recordó entonces. «Aslan y niños de otro mundo —pensó el rey—. Siempre han aparecido cuando las cosas iban muy mal. ¡Ojalá lo hicieran también ahora!»

—¡Aslan! ¡Aslan! ¡Aslan! Ven a ayudarnos ahora —gritó.

Pero la oscuridad, el frío y el silencio siguieron igual que antes.

—Deja que me maten —exclamó el monarca—, no pido nada para mí. Pero ven y salva a toda Narnia.

Y siguió sin producirse ningún cambio en la noche o el bosque, pero sí empezó a tener lugar una especie de cambio en el interior de Tirian. Sin saber por qué, comenzó a sentir una débil esperanza; también se sintió, de algún modo, más fuerte.

—Aslan, Aslan —susurró—, si no quieres venir tú mismo, al menos envíame a los ayudantes del Más Allá. O permite que los llame. Deja que mi voz llegue al Más Allá.

Entonces, sin apenas saber qué hacía, gritó de improviso con voz sonora:

—¡Niños! ¡Niños! ¡Amigos de Narnia! Rápido. Venid a mí. A través de los mundos os invoco; yo, ¡Tirian, Rey de Narnia, Señor de Cair Paravel y Emperador de las Islas Solitarias!

E inmediatamente se vio sumergido en un sueño —si es que era un sueño— más vívido que ninguno que hubiera tenido en su vida.

Le pareció estar de pie de una habitación iluminada en la que había siete personas sentadas alrededor de una mesa. Parecía que acabaran de comer. Dos de aquellas personas eran muy viejas: un anciano con una barba blanca y una anciana con ojos juiciosos, alegres y centelleantes. La persona que se sentaba a la derecha del anciano apenas había llegado a la edad adulta, desde luego era más joven que Tirian, pero su rostro poseía ya el aspecto de un rey y un guerrero. Y casi lo mismo podía decirse del otro joven que estaba sentado a la derecha de la anciana. De cara a Tirian en el otro extremo de la mesa estaba sentada una muchacha de pelo rubio más joven que los otros dos, y a cada lado de ella, un muchacho y una muchacha que eran aún más jóvenes que ella. Iban vestidos con lo que a Tirian le parecieron las prendas más extravagantes del mundo.

Sin embargo, no tuvo tiempo para pensar en detalles como ése, pues al instante el muchacho más joven y las dos muchachas se pusieron en pie de un salto, y uno de ellos lanzó un grito. La anciana dio un respingo y aspiró con fuerza. También el anciano debió de hacer algún movimiento repentino, pues la copa de vino que tenía a la derecha cayó de la mesa; Tirian escuchó el tintineo del cristal al romperse contra el suelo.

Entonces el rey comprendió que aquellas personas lo veían; lo contemplaban con fijeza como si vieran a un fantasma. Pero también observó que el joven de aspecto regio sentado a la derecha del anciano no se movía (aunque palideció) aparte de apretarse con fuerza las manos, antes de decir:

—Habla, si no eres un fantasma o un sueño. Tienes aspecto narniano y nosotros somos los siete amigos de Narnia.

Tirian deseaba hablar, e intentó gritar a voz en cuello que era Tirian de Narnia y que necesitaba ayuda con desesperación. Pero descubrió —como me ha sucedido también a mí en sueños— que su voz no emitía el menor sonido.

El que le había hablado se puso en pie.

—Sombra, espíritu o lo que sea —dijo, clavando los ojos directamente en Tirian—, si vienes de Narnia, te ordeno en el nombre de Aslan que me hables. Soy Peter, el Sumo Monarca.

La habitación empezó a dar vueltas ante los ojos de Tirian. Escuchó las voces de aquellas siete personas hablando todas a la vez, y todas apagándose por momentos, y éstas decían cosas como: «¡Mirad! Se desvanece», «Se disuelve», «Está desapareciendo».

Al minuto siguiente estaba totalmente despierto, atado aún al árbol, más helado y entumecido que nunca. El bosque estaba inundado por la luz pálida y sombría que aparece antes del amanecer, y él estaba empapado de rocío; era casi de día.

Aquel despertar fue uno de los peores momentos que había vivido jamás.

CAPÍTULO 5

Cómo le llegó ayuda al rey

Pero su desventura no duró mucho tiempo. Casi de inmediato se pudo oír un golpe, y luego otro, y dos niños aparecieron de pie ante él. El bosque que tenía delante estaba completamente vacío un segundo antes y sabía que no habían salido de detrás de un árbol, ya que los habría oído. En realidad habían aparecido sencillamente de la nada.

De un vistazo supo que vestían la misma clase de ropas extravagantes y apagadas que las personas de su sueño; y vio, al mirar con más detenimiento, que eran el muchacho y la muchacha más jóvenes de aquel grupo de siete.

—¡Caramba! —exclamó el chico—. ¡Esto dejaría sin aliento a cualquiera! Pensé que...

—Date prisa y desátalo —dijo la niña—. Hablaremos luego. —A continuación añadió, volviéndose hacia Tirian—: Siento que hayamos tardado tanto. Vinimos en cuanto pudimos.

Mientras ella hablaba, el muchacho había sacado un cuchillo de su bolsillo y cortaba a toda prisa las ligaduras del rey; demasiado de prisa, de hecho, pues el rey estaba tan entumecido y agarrotado, que cuando cortaron la última cuerda él cayó de frente, y no consiguió alzarse de nuevo hasta que se reanimó un poco las piernas mediante una enérgica fricción.

—Oíd —siguió la muchacha—, ¿fuisteis vos, no es cierto, el que se nos apareció esa noche en que estábamos todos cenando? Hará casi una semana.

—¿Una semana, hermosa doncella? —inquirió Tirian—. Mi sueño me condujo a vuestro mundo hará apenas diez minutos.

—Es el lío del tiempo, como siempre, Pole —indicó el muchacho.

—Ahora lo recuerdo —asintió Tirian—. Eso también aparece en los antiguos relatos. El tiempo en vuestra extraña tierra es distinto del nuestro. Pero hablando de tiempo, es hora de desaparecer de aquí, pues mis enemigos se encuentran muy cerca. ¿Vendréis conmigo?

—Desde luego —respondió la niña—. Es a vos a quien hemos venido a ayudar.

Tirian se puso en pie y los condujo a toda velo-

cidad colina abajo, en dirección sur y lejos del establo. Sabía muy bien adónde quería ir, pero su primer objetivo era llegar a zonas rocosas donde no pudieran dejar huellas, y el segundo, cruzar alguna corriente de agua para no dejar un rastro olfativo.

Para conseguir todo aquello necesitaron una hora de trepar y vadear y, mientras lo hacían, a nadie le quedó aliento para hablar. No obstante, incluso así, Tirian no dejaba de mirar a hurtadillas a sus compañeros. El prodigio de andar junto a criaturas procedentes de otro mundo le producía una cierta sensación de vértigo, pero también hacía que todas las viejas historias parecieran mucho más reales que antes... Cualquier cosa podía suceder a partir de entonces.

Bueno —anunció el monarca cuando llega-
n a la cabecera de un valle pequeño que discu-
ría ante ellos por entre abedules jóvenes—, hemos puesto un buen trecho entre esos villanos y
nosotros, ahora podemos andar con más tranquilidad.

El sol se había alzado, las gotas de rocío centelleaban en cada rama y los pájaros cantaban.

—¿Qué hay de un poco de manduca? Quiero
decir para vos, señor; nosotros dos hemos desa-
yunado —dijo el niño.

Tirian se preguntó a qué se refería al decir «manduca», pero cuando el niño abrió una abultada
cartera que transportaba y sacó un paquete bastante grasiento y blando, lo comprendió. Tenía un
hambre voraz, aunque no había pensado en ello
hasta aquel momento.

Había dos sándwiches de huevo duro, dos de
queso y dos con alguna especie de pasta en ellos.
De no haber estado tan hambriento, la pasta no le
habría parecido demasiado apetitosa, pues se trata de un alimento que nadie come en Narnia. Para
cuando terminó de comerse los seis sándwiches
habían llegado ya al fondo del valle y allí encontraron un risco cubierto de musgo con un manantial pequeño que brotaba de él. Los tres se detuvieron, bebieron y se mojaron los rostros acalorados.

—Y ahora —dijo la niña mientras se apartaba el flequillo mojado de la frente—, ¿no vais a decirnos quién sois y por qué estabais atado? ¿Y qué es lo que sucede?

—De buena gana, mi pequeña dama —respondió Tirian—. Pero debemos seguir andando.

De modo que mientras lo hacían les contó quién era y todas las cosas que le habían sucedido.

—Y ahora —dijo al final—, me dirijo a una torre muy particular, una de las tres que se construyeron en tiempos de mi abuelo para proteger el Erial del Farol de ciertos proscritos peligrosos que habitaban aquí en sus tiempos. Merced a la benevolencia de Aslan no me robaron las llaves. En esa torre encontraremos una provisión de armas y cotas de malla y también algunos víveres, aunque no sean más que galletas secas. Allí también podremos descansar a salvo mientras hacemos nuestros planes. Y ahora, os lo ruego, contadme quiénes sois y toda vuestra historia.

—Yo soy Eustace Scrubb y ella es Jill Pole —empezó el muchacho—. Y estuvimos aquí en otra ocasión, hace una eternidad, más de un año de nuestro tiempo, y había un tipo llamado príncipe Rilian, y lo tenían retenido bajo tierra, y Charcosombrío puso el pie en...

—¡Vaya! —exclamó Tirian—. ¿Sois vosotros entonces aquel Eustace y aquella Jill que rescataron al rey Rilian de su largo encantamiento?

—Sí, los mismos —respondió Jill—. Así que ahora es el «rey» Rilian, ¿no es cierto? Pues claro que tendría que serlo. Olvidé...

—No —replicó Tirian—, soy su séptimo descendiente. Lleva muerto más de doscientos años.

—¡Uf! —exclamó Jill, haciendo una mueca—. Eso es lo horroroso de regresar a Narnia.

Pero Eustace siguió hablando.

—Bueno, ahora ya sabéis quiénes somos, señor —dijo—. Y lo que sucedió fue lo siguiente: el profesor y la tía Polly nos habían reunido a todos los amigos de Narnia...

—No conozco esos nombres, Eustace —dijo Tirian.

—Son los dos que llegaron a Narnia justo en su principio, el día en que los animales aprendieron a hablar.

—¡Por la melena del León! —gritó el rey—. ¡Esos dos! ¡Lord Digory y lady Polly! ¡Procedentes de los albores del mundo! Y ¿siguen vivos en vuestro mundo? ¡Qué cosa tan maravillosa y gloriosa! Pero contadme, contadme.

—Ella no es realmente nuestra tía, ¿sabéis? —siguió Eustace—. Es la señorita Plummer, pero la llamamos tía Polly. Bueno, ellos dos nos reunieron a todos, en parte para divertirnos, de modo que pudiéramos charlar sobre Narnia, pues, como es natural, no hay nadie más con quien podamos hablar de esas cosas, pero en parte también porque el profesor tenía la sensación de que se nos necesitaba aquí.

»Entonces aparecisteis vos como si fuerais un fantasma o Dios sabe qué y casi nos matáis del susto y luego desaparecisteis sin decir una palabra. Después de eso, tuvimos la seguridad de que pasaba algo. La siguiente cuestión era cómo llegar aquí. Uno no puede venir sólo con desearlo. De modo que hablamos y hablamos y por fin el profesor dijo que el único modo sería mediante los anillos mágicos. Fue con esos anillos como él y la tía Polly llegaron aquí hace muchísimo tiempo, cuando no eran más que unos niños, años antes de que nosotros, los más jóvenes, naciéramos.

»Pero todos los anillos habían sido enterrados en el jardín de una casa de Londres (ésa es la capital de nuestro país, señor) y habían vendido la casa. Así pues, el problema era cómo llegar hasta ellos. ¡Jamás adivinaréis lo que hicimos al final! Peter y Edmund, ése es el Sumo Monarca Peter, el que os habló, fueron a Londres para entrar en el jardín por la parte trasera a primeras horas de la mañana, antes de que los inquilinos se levantaran. Iban vestidos como operarios, de modo que, si alguien los veía, pareciera que habían ido a arreglar algo en los desagües. Ojalá los hubiera acompañado, debió de ser divertidísimo. Y sin duda tuvieron éxito pues, al día siguiente, Peter nos envió un telegrama (eso es una especie de mensaje, señor, ya os lo explicaré en otra ocasión), para decir que tenían los anillos. Al día siguiente Jill y yo debíamos regresar a la escuela (somos los únicos que todavía van a la escuela, y vamos a la misma). De modo que Peter y Edmund tenían que reunirse con nosotros en un lugar de camino a la escuela y entregarnos los anillos. Éramos nosotros dos los que teníamos que venir a Narnia, ¿sabéis?, porque los mayores no pueden regresar.

»Así que subimos al tren, que es una cosa en la que la gente viaja en nuestro mundo: una serie de carros encadenados entre sí, y el profesor, la tía Polly y Lucy vinieron con nosotros. Queríamos estar juntos el mayor tiempo posible. Bueno, pues ahí estábamos en el tren, y llegábamos ya a la estación donde se iban a reunir con nosotros, y yo miraba por la ventana para intentar verlos cuando de improviso se produjo una sacudida y un ruido espantosos: y a continuación nos encontramos en Narnia y ahí estaba vuestra majestad, atado a un árbol.

—¿De modo que jamás usasteis los anillos? —dijo Tirian.

—No —respondió Eustace—. Ni siquiera los llegamos a ver. Aslan lo hizo todo por nosotros a su modo, sin ningún anillo.

—Pero el Sumo Monarca Peter los tiene —observó Tirian.

—Sí —contestó Jill—, pero no creemos que pueda usarlos. Cuando los otros dos Pevensie, el rey Edmund y la reina Lucy estuvieron aquí la última vez, Aslan les dijo que nunca podrían regresar a Narnia. Y le dijo algo parecido al Sumo Monarca, sólo que hace más tiempo. Podéis estar seguro de que vendrá disparado si se lo permiten.

—¡Caramba! —exclamó Eustace—. Este sol empieza a calentar de lo lindo. ¿Falta mucho para llegar, señor?

—Mirad —respondió el rey y señaló con la mano.

No muchos metros más allá unas almenas grises se alzaban por encima de las copas de los árboles, y tras otro minuto más de marcha salieron a un espacio despejado cubierto de hierba. Un arroyo lo cruzaba y en el extremo más alejado de éste se alzaba una torre cuadrada, con muy pocas y muy estrechas ventanas y una puerta de aspecto resistente en la pared, frente a ellos.

Tirian giró la cabeza rápidamente a un lado y a otro para asegurarse de que no había enemigos a la vista. Luego avanzó hasta la torre y permaneció inmóvil unos instantes mientras buscaba el manojo de llaves que llevaba en el interior de su traje de caza, colgado de una cadena de plata que le rodeaba el cuello. Era un juego de llaves muy hermoso, pues dos eran de oro y muchas estaban bellamente decoradas: se advertía al momento que eran llaves hechas para abrir habitaciones serias y secretas de palacios o arcas y cofres de maderas olorosas que contenían tesoros reales. Sin embargo, la llave que colocó en la cerradura de la puerta era grande y vulgar y de fabricación más tosca. La cerradura estaba enmohecida y por un momento

Tirian empezó a temer que la llave no giraría; pero finalmente lo consiguió y la puerta se abrió hacia atrás con un crujido tétrico.

—Bienvenidos, amigos —dijo el rey—. Me temo que éste es el mejor palacio que el rey de Narnia puede ofrecer ahora a sus huéspedes.

Tirian se sintió complacido al ver que los dos forasteros habían recibido una buena educación. Ambos dijeron que no importaba y que estaban seguros de que sería muy bonito.

En realidad no era particularmente bonito, pues resultaba bastante oscuro y olía mucho a humedad. Había tan sólo una habitación y ésta ascendía hasta el techo de piedra: una escalera de madera en una esquina conducía a una trampilla por la que se podía acceder a las almenas. Había unos cuantos camastros rudimentarios para dormir, y gran cantidad de armarios y fardos. Había también un fogón en el que parecía que nadie hubiera encendido un fuego desde hacía muchísimos años.

—Sería mejor que saliéramos a recoger un poco de leña antes que nada, ¿no creéis? —dijo Jill.

—Aún no, camarada —indicó Tirian.

El monarca estaba decidido a que no los cogieran desarmados, y empezó a rebuscar en los armarios, recordando con satisfacción que siempre había tenido buen cuidado de hacer que aquellas torres de guarnición se inspeccionaran una vez al año para asegurarse de que estaban provistas de todo lo necesario. Las cuerdas para arco estaban allí en sus envolturas de seda aceitada, las espadas y lanzas se hallaban engrasadas para protegerlas de la herrumbre y las corazas seguían relucientes bajo sus fundas. Pero había algo aún mejor.

—¡Fijaos! —dijo Tirian a la vez que extraía una cota de malla larga con un dibujo curioso y la exhibía ante los ojos de los niños.

—¡Qué aspecto tan curioso tiene esa cota de malla señor! —dijo Eustace.

—Ya lo creo, muchacho —respondió Tirian—. Ningún enano narniano la ha forjado. Ésta es una cota de malla de Calormen, una prenda extranjera. Siempre he guardado unas cuantas, pues no sabía si algún día mis amigos o yo podríamos tener motivos para pasar inadvertidos en el país del Tisroc. Y mirad esta botella de piedra. Aquí dentro hay un ungüento que, al frotarlo en el rostro y las manos, lo vuelve a uno moreno como los calormenos.

—¡Fantástico! —exclamó Jill—. ¡Un disfraz! Me encantan los disfraces.

Tirian les mostró cómo verter un poco del un-

güento en las palmas de las manos y después restregárselo bien por el rostro y el cuello, hasta los hombros, y luego por las manos, hasta la altura de los codos. Él hizo lo mismo.

—Una vez que esto se haya secado sobre nuestra piel —explicó—, podemos lavarnos con agua y no se irá. Nada, excepto el aceite y las cenizas, volverá a convertirnos en narnianos de piel blanca. Y ahora, dulce Jill, veamos cómo te queda esta cota de malla. Es un poquito larga, pero no tanto como temía. Sin duda pertenecía a un paje del séquito de uno de sus tarkaanes.

Después de las cotas de malla se pusieron yelmos calormenos, que son pequeños y redondos, encajan a la perfección en la cabeza y tienen una punta en lo alto. A continuación Tirian tomó rollos muy largos de un material blanco del armario y lo enrolló alrededor de los cascos hasta que se convirtieron en turbantes: pero la pequeña punta de acero siguió sobresaliendo en el centro. Eustace y él cogieron cimitarras calormenas y escudos pequeños y redondos. No había ninguna espada lo bastante ligera para Jill, pero el monarca le entregó un cuchillo de monte largo y recto que podía servir como espada si era necesario.

—¿Poseéis alguna habilidad en el manejo del arco, muchacha? —preguntó Tirian.

—Nada digno de mención —respondió Jill, sonrojándose—. A Scrubb no le va mal.

—No la creáis, señor —dijo Eustace—. Los dos hemos estado practicando tiro con arco desde que regresamos de Narnia, y ella es tan buena como yo ahora. Aunque no es que seamos muy diestros.

Entonces Tirian entregó a Jill un arco y un carcaj lleno de flechas. La tarea siguiente fue encender un fuego, pues el interior de la torre seguía pareciendo una cueva desde dentro y producía escalofríos. De todos modos, entraron en calor recogiendo la leña —el sol estaba entonces en su punto más alto— y una vez que las llamas ardieron con fuerza en la chimenea, el lugar empezó a parecer más alegre.

Aun así, la cena resultó bastante deslucida, pues lo mejor que pudieron hacer fue machacar unas cuantas galletas secas que encontraron en un armario y verterlas en agua hirviendo, con sal, para preparar una especie de sopa. Y desde luego no había nada más que agua para beber.

—Cómo desearía haber traído unas bolsas de té —observó Jill.

—O una lata de cacao —dijo Eustace.

—Un barrilito o dos de buen vino en cada una de estas torres no habría estado mal —apuntó Tirian.

CAPÍTULO 6

Una noche muy fructífera

Unas cuatro horas más tarde Tirian se acostó en una de las literas para dormir una siesta. Los dos niños roncaban ya: los había enviado a dormir antes de hacerlo él porque tendrían que estar despiertos casi toda la noche y sabía que a su edad no podían pasar sin dormir. Además, los había dejado exhaustos. Primero había practicado con Jill el tiro con arco y había descubierto que, aunque sin llegar al nivel narniano, en realidad no era del todo mala. A decir verdad, había conseguido cazar un conejo —no un conejo parlante, desde luego: hay gran cantidad de conejos normales y corrientes en la zona oriental de Narnia— y ya estaba despellejado, limpio y colgado. Había descubierto que los dos niños sabían cómo llevar a cabo aquella tarea escalofriante y maloliente; habían aprendido a hacerlo durante su gran viaje por el País de los Gigantes en los tiempos del príncipe Rilian.

Luego había intentado enseñar a Eustace el uso de la espada y el escudo. El niño había aprendido mucho sobre esgrima en su primera aventura, pero había sido siempre con una espada recta narniana. Jamás había manejado una cimitarra curva calormena y ello hizo que le resultara más duro, pues muchos de los golpes son bastante diferentes y tenía que olvidar algunos de los hábitos aprendidos con la espada larga. Tirian descubrió que tenía buen ojo y era rápido con los pies. Le sorprendió la energía de los dos niños: en realidad los dos parecían ya mucho más fuertes y mayores, más adultos, de lo que habían parecido la primera vez que los vio unas horas antes. Es uno de los efectos que la atmósfera de Narnia tiene sobre los visitantes de nuestro mundo.

Los tres estuvieron de acuerdo en que lo primero que debían hacer era regresar a la colina del establo e intentar rescatar al unicornio Perla. Después de eso, si tenían éxito, intentarían dirigirse al este y reunirse con el pequeño ejército que el centauro Roonwit debía conducir desde Cair Paravel.

Un guerrero y cazador experimentado como Tirian siempre puede despertarse a la hora que desee; así pues, se dio tiempo hasta las nueve de aquella noche y luego apartó todas las preocupaciones de su mente y se quedó dormido al instante. Pareció como si sólo hubiera transcurrido un instante cuando despertó más tarde, pero supo por la luz y el tacto mismo de las cosas que había calculado su sueño a la perfección. Se levantó, se colocó su casco-turbante (había dormido con la cota de malla puesta), y luego zarandeó a los otros dos hasta que despertaron. Los dos niños, hay que reconocerlo, tenían un aspecto gris y deprimente mientras abandonaban sus literas y se dedicaban a bostezar sin parar.

—Bien —dijo Tirian—, vamos a ir hacia el norte desde aquí y, puesto que tenemos la gran suerte de que es una noche estrellada, el viaje será mucho más corto que el de esta mañana, pues entonces dimos un rodeo, mientras que ahora iremos en línea recta. Si nos ordenan detenernos, vosotros dos guardad silencio y yo haré todo lo posible por hablar como un maldito, cruel y orgulloso lord de Calormen. Si desenvaino la espada, entonces tú, Eustace, deberás hacer lo mismo, y que Jill se coloque rápidamente a nuestra espalda y permanezca allí con una flecha en el arco. Pero si grito «¡A casa!», huid hacia la torre, los dos. Y que ninguno intente pelear, ni siquiera asestar un mandoble, una vez que haya dado la orden de retirada: tal falso valor ha estropeado muchos planes notables en las guerras. Y ahora, amigos, en nombre de Aslan, sigamos adelante.

Tras aquello, salieron a la fría noche. Todas las grandes estrellas del norte brillaban por encima de las copas de los árboles. La Estrella Polar de ese mundo recibe el nombre de Punta de Lanza y es más brillante que la nuestra.

Durante un tiempo pudieron avanzar en línea recta hacia la Punta de Lanza, pero al poco tiempo llegaron a un bosquecillo muy espeso que los obligó a abandonar su curso para rodearlo. Y después de eso —pues seguían todavía bajo la sombra de las ramas— resultó difícil volver a orientarse. Fue Jill quien los puso de nuevo en la ruta correcta, pues había sido una excelente chica exploradora en Inglaterra. Y desde luego conocía las estrellas narnianas a la perfección, tras haber viajado tan extensamente por las salvajes tierras del norte, y era incluso capaz de averiguar el camino mediante otras estrellas aun cuando la Punta de Lanza quedara oculta.

En cuanto Tirian vio que la niña era la mejor exploradora de los tres, la colocó al frente. Y enseguida se sintió asombrado al descubrir que era capaz de deslizarse por delante de ellos de un modo totalmente silencioso y casi invisible.

—¡Por la melena del León! —susurró a Eustace—. Esta chica es una fabulosa doncella del bosque. No podría hacerlo mejor ni teniendo sangre de dríade en las venas.

—Ser tan pequeña la ayuda —susurró Eustace.

—Chist, haced menos ruido —ordenó Jill desde la cabecera de la marcha.

A su alrededor el bosque estaba muy silencioso. A decir verdad, demasiado silencioso. En una noche narniana corriente debería haber ruidos; algún que otro alegre «Buenas noches» por parte de un erizo, el grito de un búho sobre sus cabezas, tal vez una flauta a lo lejos para indicar que había faunos danzando, o zumbidos y martillazos de los enanos del subsuelo. Todo era silencio: el desaliento y el miedo reinaban en Narnia.

Al cabo de un rato empezaron a ascender por una empinada colina y los árboles aparecieron más distanciados. Tirian distinguió vagamente la bien conocida cima de la colina y el establo. Jill avanzaba cada vez con más cautela: la niña no dejaba de hacer señas a sus compañeros con la mano para que hicieran lo mismo. Luego se detuvo por completo y Tirian vio como se hundía poco a poco entre la hierba del suelo y desaparecía sin hacer el menor ruido. Al cabo de un momento volvió a levantarse, acercó los labios a la oreja del rey, y dijo en un susurro lo más bajo posible:

—Abajo. «Veréiz» mejor.

Dijo «veréiz» en lugar de «veréis» no porque ceceara sino porque sabía que el siseo de una ese es lo que antes se oye de un susurro.

Tirian se tumbó al instante, casi tan silenciosamente como Jill, pero no tanto, pues pesaba más y tenía más edad. Una vez que estuvieron pegados al suelo, vio como desde aquella posición se podía ver el reborde de la colina recortándose perfectamente contra el cielo estrellado. Dos figuras negras se alzaban allí: una era la silueta del establo, y la otra, unos pocos pasos por delante de éste, la de un centinela calormeno. El hombre montaba guardia fatal, pues no andaba ni permanecía en pie, sino que estaba sentado con la lanza sobre el hombro y la barbilla apoyada en el pecho.

—Muy bien —dijo Tirian a Jill; la niña le había mostrado exactamente lo que necesitaba ver.

Se incorporaron y Tirian se colocó a la cabeza. Muy despacio, sin apenas atreverse a respirar, ascendieron hasta un pequeño grupo de árboles que se hallaba a tan sólo un metro del centinela.

—Aguardad aquí hasta que regrese —susurró a los otros dos—. Si fracaso, huid.

Luego se acercó lenta y descaradamente, sin ocultarse del enemigo. El hombre se sobresaltó al verlo y estuvo a punto de ponerse en pie de un salto: temía que se tratara de uno de sus oficiales y que fuera a meterse en un lío por haber permanecido sentado. Sin embargo, antes de que pudiera alzarse, Tirian ya había hincado una rodilla en tierra a su lado, diciendo:

—¿Sois un guerrero del ejército del Tisroc, que viva eternamente? Alegra mi corazón encontraros en medio de todas estas bestias y demonios narnianos. Dadme la mano, amigo.

Antes de comprender muy bien qué sucedía, el centinela calormeno encontró su mano derecha aferrada en un poderoso apretón, y al momento siguiente estaba arrodillado en el suelo y con una daga apoyada contra la garganta.

—Un solo ruido y eres hombre muerto —le dijo Tirian al oído—. Dime dónde está el unicornio y vivirás.

—De... detrás del establo, mi señor —tartamudeó el desdichado.

—Bien. Levántate y condúceme hasta él.

Mientras el hombre se incorporaba, la punta de la daga no se separó ni un momento de su cuello; Tirian se limitó a darle la vuelta (fría e inquietante) mientras él se colocaba detrás del prisionero y la apoyaba en un lugar conveniente detrás de la oreja de éste. Temblando, el hombre fue hacia la parte trasera del establo.

A pesar de la oscuridad, Tirian distinguió la figura blanca de Perla al instante.

—¡Chist! —ordenó—. No, no relinches. Sí, Perla, soy yo. ¿Cómo te han atado?

—Me han sujetado las cuatro patas y amarrado con una brida a una argolla de la pared del establo —dijo el unicornio.

—Quédate aquí, centinela, con la espalda contra la pared. Así. Ahora, Perla, coloca la punta de tu cuerno contra el pecho de este calormeno.

—Con todo gusto, majestad —respondió el unicornio.

—Si se mueve, atraviésale el corazón.

En unos pocos segundos Tirian cortó las ligaduras y, con los restos de éstas, ató al centinela de pies y manos. Finalmente le hizo abrir la boca, se la llenó de hierba y le pasó una cuerda desde la coronilla hasta la barbilla para que no pudiera hacer ruido, sentó al prisionero y lo apoyó contra la pared.

—Te he tratado con cierta descortesía, soldado —se disculpó—, pero era necesario que lo hiciera. Si algún día nos volvemos a encontrar, tal vez tenga más consideración. Ahora, Perla, marchémonos sin hacer ruido.

Pasó el brazo izquierdo alrededor del cuello del animal y se inclinó y le besó el hocico. Ambos se sintieron muy felices. Regresaron tan silenciosamente como les fue posible al lugar en el que había dejado a los niños. Estaba más oscuro allí bajo los árboles y el monarca casi chocó con Eustace antes de verlo.

—Todo va bien —susurró Tirian—. Ha sido una noche muy fructífera. Ahora, a casa.

Emprendieron el camino de vuelta y habían dado unos cuantos pasos cuando Eustace dijo:

—¿Dónde estás, Pole? —No obtuvo respuesta—. ¿Está Jill al otro lado de vos, señor? —preguntó.

—¿Qué? —respondió el rey—. ¿Acaso no está junto a ti?

Fue un momento terrible. No se atrevían a gritar, pero susurraron su nombre de la forma más sonora que pudieron. No recibieron respuesta.

—¿Se apartó de ti mientras yo no estaba? —inquirió Tirian.

—No la vi ni la oí marcharse —respondió él—. Pero podría haberse ido sin que me diera cuenta. Puede ser tan silenciosa como un gato; vos mismo lo habéis visto.

En aquel momento se oyó un toque de tambor a lo lejos. Perla giró las orejas al frente.

—Enanos —dijo.

—Y enanos traidores, enemigos, con toda seguridad —refunfuñó Tirian.

—Y por ahí viene algo que tiene cascos, mucho más cerca —apuntó el unicornio.

Los dos humanos y el animal permanecieron totalmente inmóviles. Tenían tantas cosas distintas de las que preocuparse en aquellos momentos, que no sabían qué hacer. El sonido de cascos se fue acercando.

Y luego, muy próxima a ellos, una voz susurró:

—¡Eh! ¿Estáis todos ahí?

Gracias al cielo era Jill.

—¿Dónde diablos has estado? —inquirió Eustace en un susurro enfurecido, pues se había asustado mucho.

—En el establo —jadeó ella, pero fue la clase de jadeo que uno emite cuando se esfuerza por contener la risa.

—Vaya —gruñó él—, así que lo encuentras divertido, ¿verdad? Bueno, pues todo lo que puedo decir es...

—¿Habéis recuperado a Perla, señor? —preguntó Jill.

—Sí. Aquí está. ¿Qué es esa bestia que os acompaña?

—Es «él» —respondió la niña—. Pero vayamos a casa antes de que alguien se despierte. —Y de nuevo se oyeron pequeños estallidos de risa.

Sus compañeros obedecieron al punto pues ya habían permanecido demasiado tiempo en aquel lugar tan peligroso y los tambores de los enanos parecían haberse acercado un poco.

No fue hasta después de haber andado hacia el sur durante varios minutos cuando Eustace dijo:

—¿Lo tienes a «él»? ¿Qué quieres decir?

—Al falso Aslan —respondió Jill.

—¿Qué? —exclamó Tirian—. ¿Dónde habéis estado? ¿Qué habéis hecho?

—Veréis, majestad —repuso Jill—, en cuanto vi que habíais quitado de en medio al centinela, se me ocurrió que tal vez sería buena idea echar un vistazo al establo y ver qué había allí dentro en realidad. Así que me arrastré hasta el lugar. Resultó sencillísimo descorrer el pestillo. Desde luego, estaba negro como boca de lobo en el interior y olía igual que cualquier otro establo. Entonces encendí una cerilla y, ¿queréis creerlo?, no había nada allí, excepto un asno viejo con un pedazo de piel de león atado a su lomo. Así que saqué el cuchillo y le dije que tendría que venir conmigo. A decir verdad no habría tenido necesidad de amenazarlo con el cuchillo, ya que estaba más que harto del establo y más que dispuesto a venir... ¿no es cierto eso, querido Puzzle?

—¡Vaya! —exclamó Eustace—. Vaya... vaya por Dios. Estaba enfurecido contigo hace un instante, y sigo pensando que fue mezquino por tu parte escabullirte sin el resto de nosotros, pero debo admitir que... quiero decir... pues que lo que has hecho ha sido fantástico. Si ella fuera un chico tendría que ser nombrado caballero, ¿no es cierto, majestad?

—Si fuera un chico —respondió Tirian—, lo azotarían por haber desobedecido órdenes.

Y en la oscuridad nadie pudo ver si lo decía con el ceño fruncido o con una sonrisa. Al cabo de un minuto se oyó un chirrido metálico.

—¿Qué hacéis, señor? —inquirió Perla al instante.

—Desenvainar la espada para cortarle la cabeza al maldito asno —respondió él en un tono de voz terrible—. Aparta, muchacha.

—No, por favor, no —imploró Jill—. ¡No lo hagáis! No fue culpa suya. Fue todo cosa del mono. Él no sabía lo que hacía. Y está muy apenado. Es un asno muy bueno, se llama Puzzle. Y le estoy rodeando el cuello con los brazos.

—Jill —dijo Tirian—, sois la más valiente y experta en bosques de todos mis súbditos, pero también la más descarada y desobediente. Bien, dejemos que el asno viva. ¿Qué tienes tú que decir por tu parte, asno?

—¿Yo, señor? —dijo el animal—. Desde luego estoy muy arrepentido si he hecho algo malo. El mono dijo que Aslan quería que me disfrazara así. Y yo pensé que él sabía lo que hacía. Yo no soy listo como él. Sólo hice lo que me decía. No era nada divertido para mí vivir en aquel establo. Ni siquiera sé qué ha pasado fuera. No me dejaba salir jamás, excepto durante un minuto o dos por la noche. Había días en que se olvidaban incluso de darme agua.

—Señor —intervino Perla—, esos enanos están cada vez más cerca. ¿Queremos encontrarnos con ellos?

Tirian pensó unos instantes y a continuación

lanzó una repentina y sonora carcajada. Luego habló, pero esta vez no en susurros.

—Por el León —dijo—. ¡Qué tonto soy! ¿Encontrarnos con ellos? Desde luego que lo haremos. Ahora podemos encontrarnos con cualquiera. Tenemos a este asno para mostrárselo. Que vean aquello que han temido y ante lo que se han inclinado. Podemos darles a conocer la verdad sobre el infame complot del mono. Se ha descubierto su secreto. Se han cambiado los papeles. Mañana colgaremos a ese mono del árbol más alto de Narnia. Ya no habrá más cuchicheos, nadie eludirá sus compromisos ni se disfrazará. ¿Dónde están esos honrados enanos? Tenemos buenas noticias para ellos.

Cuando se ha estado susurrando durante horas, el simple sonido de alguien que habla en voz alta tiene un efecto maravillosamente conmovedor. Todo el grupo empezó a hablar y a reír: incluso Puzzle alzó la cabeza y emitió un magnífico re-

buzno; algo que el mono no le había permitido
hacer durante días.

Luego se pusieron en marcha en dirección al
tamborileo. Éste fue aumentando de volumen y
no tardaron en poder distinguir también la luz de
unas antorchas. Salieron a una de aquellas carreteras pedregosas —desde luego no las llamaríamos
carreteras en nuestro mundo— que atraviesan el
Erial del Farol. Y allí, marchando decididos, había
unos treinta enanos, todos con palas pequeñas y
picos al hombro. Dos calormenos armados conducían la columna y dos más cubrían la retaguardia.

—¡Quietos! —tronó Tirian al tiempo que salía al
camino—. Quietos, soldados. ¿Adónde conducís
a estos enanos narnianos y por orden de quién?

CAPÍTULO 7

El asunto de los enanos

Los dos soldados calormenos situados a la cabeza de la columna, viendo a lo que tomaron por un tarkaan o gran señor con dos pajes armados, se detuvieron y alzaron las lanzas a modo de saludo.

—Mi señor —dijo uno de ellos—, conducimos a estos hombrecillos a Calormen a trabajar en las minas del Tisroc, que viva eternamente.

—Por el gran dios Tash, son muy obedientes —dijo Tirian.

Luego se volvió de repente hacia los enanos. Al menos uno de cada seis sostenía una antorcha y a su parpadeante luz vio que sus rostros barbudos lo contemplaban con expresiones lúgubres y obstinadas.

—¿Ha librado el Tisroc una gran batalla, enanos, y conquistado vuestra tierra —preguntó—, para que marchéis pacientemente a morir en los pozos de sal de Pugrahan?

Los dos soldados le dirigieron miradas iracundas de sorpresa, pero los enanos respondieron:

—Son órdenes de Aslan. Nos ha vendido. ¿Qué podemos hacer contra él?

—¡Vencernos el Tisroc! —añadió uno, y escupió al suelo—. ¡Me gustaría ver cómo lo intenta!

—¡Silencio, perro! —dijo el soldado en jefe.

—¡Mirad! —exclamó Tirian, arrastrando a Puzzle al frente en dirección a la luz—. Todo ha sido una mentira. Aslan no ha venido a Narnia. El mono os ha engañado. Esto es lo que sacaba del establo para mostrároslo. Miradlo.

Lo que los enanos vieron, ahora que podían

contemplarlo de cerca, fue, desde luego, suficiente para que se preguntaran cómo habían podido dejarse engañar. El largo encierro de Puzzle en el establo había dejado la piel de león bastante desaliñada y el viaje por el oscuro bosque la había enmarañado, así que la mayor parte de ella formaba entonces un enorme bulto sobre un hombro. La cabeza, aparte de quedar ladeada, también había retrocedido bastante, de modo que cualquiera podía ver el rostro del asno, necio y amable, mirando desde su interior. De una esquina de la boca sobresalía un poco de hierba, pues había echado un bocado sin hacer ruido mientras lo conducían. Mascullaba:

—No fue culpa mía. No soy listo. Jamás dije que lo fuera.

Durante un segundo todos los enanos contemplaron con fijeza a Puzzle boquiabiertos y entonces uno de los soldados espetó:

—¿Estáis loco, mi señor? ¿Qué estáis haciendo con los esclavos?

—Y ¿quién sois? —preguntó otro.

Ninguna de las lanzas estaba en posición de saludo ya; las dos estaban bajadas y listas para actuar.

—Decid la contraseña —ordenó el soldado jefe.

—Ésta es mi contraseña —respondió el rey a la

vez que desenvainaba la espada—: «Brilla la luz, la mentira se ha descubierto». Ahora, en guardia, bellaco, pues soy Tirian de Narnia.

Cayó sobre el soldado jefe con la velocidad del rayo. Eustace, que había desenvainado su espada al ver que el rey sacaba la suya, se abalanzó sobre el otro: su rostro mostraba una palidez cadavérica, pero yo no lo culparía por ello. Y tuvo la suerte que acostumbra acompañar a los novatos; olvidó todo lo que Tirian había intentado enseñarle aquella tarde, lanzó mandobles a diestra y siniestra (a decir verdad, no estoy seguro de que tuviera los ojos abiertos) y de repente descubrió, con gran sorpresa, que el calormeno yacía muerto a sus pies. Y si bien aquello fue un gran alivio, resultó, en aquel momento, bastante aterrador. El combate del rey duró un segundo o dos más: luego también él despachó a su contrincante y gritó a Eustace:

—Cuidado con los otros dos.

Pero los enanos se habían ocupado ya de los dos calormenos restantes. No quedaba ningún enemigo.

—¡Bien hecho, Eustace! —exclamó el rey, dándole una palmada en la espalda—. Ahora, enanos, sois libres. Mañana os conduciré a liberar todo Narnia. ¡Tres hurras por Aslan!

Pero lo que sucedió a conti-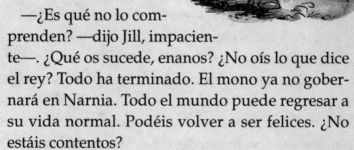
nuación fue sencillamente
lamentable. Hubo una débil
tentativa por parte de unos
pocos enanos, unos cinco,
que se desvaneció al instante: de varios de los otros no
surgieron más que gru-
ñidos malhumorados.
Muchos no dijeron na-
da en absoluto.

—¿Es qué no lo com-
prenden? —dijo Jill, impacien-
te—. ¿Qué os sucede, enanos? ¿No oís lo que dice
el rey? Todo ha terminado. El mono ya no gober-
nará en Narnia. Todo el mundo puede regresar a
su vida normal. Podéis volver a ser felices. ¿No
estáis contentos?

Tras una pausa de casi un minuto, un enano de
aspecto no demasiado agradable, con los cabellos
y la barba negros como el hollín, dijo:

—Y ¿quién se supone que eres tú, señorita?

—Soy Jill —respondió ella—. La misma Jill que
rescató al rey Rilian del hechizo... y él es Eustace,
que también lo hizo... y hemos regresado desde
otro mundo después de transcurridos cientos de
años. Aslan nos envió.

Los enanos se miraron unos a otros entre sonrisas; sonrisas despectivas, no de alegría.

—Vaya —dijo el enano negro (cuyo nombre era Griffle)—, no sé cómo os sentís vosotros, amigos, pero a mí me parece que ya he oído todo lo que quiero oír sobre Aslan durante el resto de mi vida.

—Es verdad, es verdad —gruñeron los otros enanos—. Es todo una treta, una maldita treta.

—¿Qué queréis decir? —dijo Tirian.

El monarca no había palidecido mientras peleaba, pero lo hizo en aquellos momentos. Había pensado que aquél sería un momento magnífico, pero se estaba convirtiendo más bien en una pesadilla.

—Sin duda piensas que somos terriblemente estúpidos, eso debes de pensar —replicó Griffle—. Ya nos han embaucado una vez y ahora esperas que nos volvamos a dejar embaucar. No vamos a aguantar ningún cuento más sobre Aslan, ¿entendido? ¡Miradle! ¡Un burro viejo con orejas largas!

—¡Cielos, me hacéis enfurecer! —exclamó Tirian—. ¿Quién de nosotros ha dicho que éste fuera Aslan? Ésta es la imitación que hizo el mono del auténtico Aslan. ¿No lo comprendéis?

—¡Y supongo que tú tienes una imitación mejor! —repuso Griffle—. No, gracias. Ya nos han engañado una vez y no van a engañarnos de nuevo.

—No la tengo —replicó Tirian—. Yo sirvo al auténtico Aslan.

—¿Dónde está? ¿Quién es? ¡Muéstranoslo! —gritaron varios enanos.

—¿Es qué creéis que lo guardo en el morral, estúpidos? —dijo Tirian—. ¿Quién soy yo para hacer que Aslan aparezca a mi antojo? No es un león domesticado.

En cuanto aquellas palabras salieron de su boca comprendió que había hecho un movimiento en falso, pues los enanos empezaron a repetir al instante: «No es un león domesticado, no es un león domesticado», con un sonsonete burlón.

—Eso es lo que los otros no dejaban de decirnos —dijo uno de ellos.

—¿Estáis diciendo que no creéis en el auténtico Aslan? —inquirió Jill—. Pero yo lo he visto. Él nos ha enviado a los dos aquí desde un mundo diferente.

—¡Ajá! —replicó Griffle con una amplia sonrisa—. Eso es lo que dices tú. Te han enseñado bien lo que debes decir. Recitas bien la lección aprendida, ¿no es eso?

—Patán —gritó Tirian—, ¿osas llamar mentirosa a una dama en su propia cara?

—Guardaos las cortesías, amigo —replicó el enano—. Me parece que ya no queremos más reyes, si es que eres Tirian, pues por tu aspecto no lo pareces, ni tampoco queremos más «Aslanes». Vamos a ocuparnos de nosotros mismos a partir de ahora y no vamos a hacerle reverencias a nadie. ¿Entendido?

—Eso es —dijeron los otros enanos—. Ahora somos independientes. Se acabó Aslan, se acabaron los reyes, se acabaron las historias estúpidas sobre otros mundos. Los enanos son para los enanos.

Y empezaron a colocarse de nuevo en sus puestos y a prepararse para emprender la marcha de vuelta al lugar del que habían venido.

—¡Pequeñas bestias! —dijo Eustace—. ¿Ni siquiera vais a darnos las gracias por haberos salvado de las minas de sal?

—No nos engañáis —respondió Griffle por encima del hombro—. Queríais utilizarnos, por eso nos rescatasteis. Algo os traéis entre manos. Vamos, muchachos.

Y los enanos empezaron a cantar la curiosa cancioncita de marcha que seguía el ritmo del tambor, y se perdieron en la oscuridad en medio de un gran ruido de pasos.

Tirian y sus compañeros los siguieron con la mirada. Luego el monarca pronunció una única palabra, «¡Vamos!», y prosiguieron su viaje.

Formaban un grupo silencioso. Puzzle se sentía

todavía en desgracia, y tampoco entendía exactamente qué había sucedido. Jill, además de estar indignada con los enanos, estaba muy impresionada por la victoria de Eustace sobre el calormeno y sentía cierta timidez. En cuanto a Eustace, su corazón todavía latía a gran velocidad.

Tirian y Perla andaban juntos, muy tristes, cerrando la marcha. El rey tenía el brazo sobre el lomo del unicornio y de vez en cuando éste acariciaba la mejilla del monarca con su suave hocico. No intentaban consolarse mutuamente con palabras, pues no era fácil pensar en nada que decir que resultara reconfortante. A Tirian no se le había ocurrido en ningún momento que una de las consecuencias de que un mono creara un falso Aslan pudiera ser que la gente dejara de creer en el auténtico. Estaba convencido de que los enanos se pondrían de su lado en cuanto les mostrara cómo los habían engañado; luego, la noche siguiente, habrían ido todos a la colina del establo y les habría mostrado a Puzzle a todas las criaturas y todo el mundo se habría vuelto contra el mono y, tal vez tras una escaramuza con los calormenos, todo habría terminado. Sin embargo, ahora parecía que no podía contar con nada. ¿Cuántos narnianos más podrían adoptar la misma postura que los enanos?

—Alguien nos sigue, creo —indicó Puzzle de repente.

Se detuvieron y escucharon. No cabía la menor duda, se oía el golpeteo de unos pies pequeños a su espalda.

—¿Quién va? —gritó el rey.

—Sólo yo, señor —dijo una voz—. Yo, el enano Poggin, que acabo de conseguir librarme de los otros. Estoy de vuestro lado, señor, y del de Aslan. Si ponéis una espada enana en mi mano, de buena gana lanzaré unos cuantos mandobles del lado correcto antes de que todo acabe.

Todos se agruparon a su alrededor y le dieron la bienvenida y lo elogiaron y le palmearon la espalda. Desde luego, un solo ena-no no cambiaba mucho las cosas, pero de algún modo era muy alentador tener al menos a uno de su parte. Todo el grupo se animó, aunque Jill y Eustace no mantuvieron tal actitud animosa durante mucho tiempo, ya que empezaron a bostezar escandalosamente y estaban demasiado cansados para pensar en algo que no fuera una cama.

A la hora más fría de la noche, justo antes del amanecer, llegaron de vuelta a la torre. De haber habido una comida preparada para ellos, la habrían devorado de buena gana, pero la molestia y lo que tardarían en los preparativos descartaron toda idea de preparar algo. Bebieron del arroyo, se remojaron el rostro y se acostaron en las literas, a excepción de Puzzle y Perla, que dijeron que estarían más cómodos en el exterior. Aquello tal vez era lo mejor, pues un unicornio y un asno gordo y criado dentro de una casa siempre hacen que la habitación resulte demasiado atestada.

Los enanos de Narnia, aunque miden menos de ciento veinte centímetros de estatura son de las criaturas más resistentes y robustas que existen, de modo que Poggin, a pesar de un día de trabajo duro y de haberse ido a dormir muy tarde, despertó fresco como una rosa antes que cualquiera de los otros. Inmediatamente tomó el arco de Jill, salió al exterior y abatió una pareja de palomas torcaces, que luego se dedicó a desplumar, sentado en el umbral mientras conversaba con Perla y Puzzle.

El asno tenía mejor aspecto y se sentía mucho mejor aquella mañana. Perla, al ser un unicornio y por lo tanto una de las bestias más nobles y delicadas, había sido muy amable con él, hablándole de cosas de las que ambos entendieran, como hierba, azúcar y el cuidado de los respectivos cascos.

Cuando Jill y Eustace salieron de la torre bostezando y frotándose los ojos casi a las diez y media, el enano les mostró dónde podían recoger gran cantidad de una hierba narniana llamada fresney silvestre, que se parece mucho a nuestra acederilla pero tiene un sabor mucho más agradable cuando se cocina. (Necesita un poco de mantequilla y pimienta para que resulte perfecta, pero carecían de ellas.) De modo que, entre unas cosas y otras, obtuvieron los ingredientes para un estofado excelente para su desayuno o comida, como prefieras llamarlo. Tirian se adentró un poco más en el bosque con una hacha y regresó con algunas ramas para alimentar el fuego.

Mientras se cocinaba la comida —lo que pareció una eternidad, en especial porque cuanto menos le faltaba para estar preparada olía cada vez mejor— el rey encontró todo un equipo enano completo para Poggin: cota de malla, casco, escudo, espada, cinto y daga. Luego inspeccionó la espada de Eustace y descubrió que éste la había devuelto sucia a la funda tras la eliminación del calormeno. El niño recibió una regañina por ello y fue obligado a limpiarla y pulirla.

Durante todo ese tiempo Jill estuvo yendo de un lado a otro, en ocasiones removiendo el puchero y en otras mirando con envidia al asno y al unicornio que pastaban tan satisfechos. ¡Cuánto deseó poder comer hierba aquella mañana!

Sin embargo, cuando llegó la comida todos sintieron que había valido la pena esperar, y todo el mundo repitió.

Cuando todos hubieron comido hasta hartarse, los tres humanos y el enano fueron a sentarse en el umbral, con los seres de cuatro patas tumbados de cara a ellos; el enano —con el permiso de Jill y Tirian— encendió su pipa, y el rey dijo:

—Bien, amigo Poggin, es posible que tengas más noticias del enemigo que nosotros. Cuéntanos todo lo que sepas. Y en primer lugar, ¿qué cuentan de mi huida?

—Una historia tan maliciosa, señor, como jamás se haya concebido —respondió el enano—. Fue el gato, Pelirrojo, quién la contó, y lo más probable es que también fuera su creador. Este Pelirrojo, señor..., que es un pillo astuto..., dijo que pasaba junto al árbol al que aquellos villanos ataron a su majestad. Y dijo que, querer ofender a su reverencia, que aullabais, jurabais y maldecíais a Aslan:

«En un lenguaje que no repetiré», fueron las palabras que utilizó, adoptando una expresión muy remilgada y estirada; ya sabéis, de ese modo en que saben hacerlo los gatos cuando les conviene. Y entonces, contó Pelirrojo, el mismísimo Aslan apareció de repente en medio de un rayo de luz y se tragó a su majestad de un bocado.

»Todas las bestias se estremecieron ante aquel relato y algunas se desmayaron directamente. Y, desde luego, el mono lo aprovechó. «¿Lo veis?», dijo, «¿veis lo que Aslan hace con todos aquellos que no lo respetan? Que eso sea una advertencia para todos vosotros.» Y las pobres criaturas gimieron y lloriquearon y respondieron: «Lo respetaremos, lo respetaremos». Así pues, el resultado final es que la huida de su majestad no les ha hecho pensar que todavía tenéis amigos leales que os ayudan, sino que les ha hecho temer y obedecer más al mono.

—¡Qué sagacidad más diabólica! —dijo Tirian—. Este Pelirrojo, pues, conoce lo que trama el mono.

—En estos momentos es más una cuestión, señor, de si no será el mono quien se deja asesorar por él —respondió el enano—. El mono ha empezado a beber, ¿sabéis? Lo que yo creo es que la conspiración ahora la controlan principalmente Pelirrojo y Rishda, el capitán calormeno. Y creo que algunas de las historias que Pelirrojo ha extendido entre los enanos son las principales culpables del mal recibimiento que os dedicaron. Y os contaré por qué.

»Acababa de finalizar una de esas espantosas reuniones anteanoche y había recorrido una parte del trayecto de vuelta a casa cuando descubrí que había olvidado la pipa. Era una realmente buena, una de mis viejas favoritas, de modo que regresé a buscarla. Pero antes de que llegara al lugar donde había estado sentado (estaba negro como boca de lobo) oí la voz de un gato que decía «miau» y una voz calormena que decía: «Aquí... habla en voz baja». De modo que me quedé tan quieto como si estuviera congelado. Y los dos eran Pelirrojo y Rishda Tarkaan, como le llaman.

»"Noble tarkaan", dijo el gato con esa voz sedosa suya, "deseaba saber exactamente qué queríamos decir ambos hoy al indicar que Aslan no significaba más que Tash."

»"Sin duda, tú que eres el más sagaz de entre los gatos", respondió el otro "te habrás percatado de lo que quería decir."

»"Quieres decir", siguió el gato "que no existe ninguna de tales personas."

»"Todos aquellos que son inteligentes lo saben", respondió el tarkaan.

»"En ese caso podemos entendernos mutuamente", ronroneó el felino. "¿No empiezas a hartarte un poco del mono, como me sucede a mí?"

»"Un animal estúpido y codicioso", manifestó el tarkaan, "pero debemos utilizarlo por el momento. Tú y yo debemos encargarnos de todas las cosas en secreto y hacer que el mono haga lo que deseemos."

»"Y sería mejor dejar que algunos de los narnianos más inteligentes estén al tanto, ¿no crees?", propuso Pelirrojo, "irlos incorporando uno a uno a medida que encontremos que son aptos. Pues las bestias que realmente creen en Aslan pueden rebelarse en cualquier momento: y lo harán, si el desatino del mono traiciona su secreto. Sin embargo, aquellos a quienes no les importa ni Tash ni Aslan, sino que únicamente piensan en su propio provecho y en la recompensa que el Tisroc pueda darles cuando Narnia sea una provincia calormena, se mantendrán firmes."

»"Excelente, gato", dijo el capitán. "Pero elígelos con cuidado."

Mientras el enano hablaba, el tiempo cambió. Estaba soleado cuando se sentaron, pero ahora Puzzle se estremeció; Perla agitó la cabeza, inquieto, y Jill alzó los ojos.

—Se está nublando —dijo.

—Y hace mucho frío —manifestó el asno.

—¡Un frío insoportable, por el León! —exclamó Tirian, soplándose las manos—. Y ¡fu! ¿Qué olor nauseabundo es ése?

—¡Uf! —jadeó Eustace—. Huele a algo muerto. ¿Hay algún pájaro muerto por ahí? Y ¿cómo es que no lo advertimos antes?

—¡Mirad! —exclamó Perla, incorporándose con gran agitación a la vez que señalaba con el cuerno—. ¡Mirad eso! ¡Fijaos, fijaos!

Entonces los seis lo vieron; y en sus rostros apareció una expresión de total consternación.

CAPÍTULO 8

~∞~

La noticia que trajo el águila

En las sombras de los árboles situados al otro extremo del claro se movía algo. Se deslizaba muy despacio hacia el norte. A primera vista se podría haber confundido con humo, pues era gris y se podía ver a través de él; pero el olor a muerte no era el olor del humo. Además, aquella cosa mantenía su forma, en lugar de ondularse y agitarse como habría hecho el humo. Tenía más o menos la forma de un hombre, pero con la cabeza de un pájaro; un pájaro de presa con un pico curvo y afilado. Tenía cuatro brazos que sostenía muy por encima de la cabeza, alargándolos hacia el norte como si deseara atrapar toda Narnia en ellos; y los dedos —los veinte— eran curvos como el pico y mostraban largas zarpas afiladas, como las de un ave, en lugar de uñas. Flotaba sobre la hierba en vez de andar, y la hierba parecía marchitarse a su paso.

En cuanto le echó una ojeada, Puzzle profirió un agudo rebuzno y corrió a refugiarse en la torre. Y Jill —que no era cobarde ni mucho menos— ocultó el rostro entre las manos para no verlo. Los otros lo contemplaron durante, tal vez, un minuto, hasta que flotó hacia los árboles más espesos situados a la derecha del grupo y desapareció. Luego el sol volvió a brillar y los pájaros reanudaron sus cantos.

Todos empezaron a respirar debidamente otra vez y se movieron, pues habían permanecido inmóviles como estatuas mientras lo tuvieron a la vista.

—¿Qué era eso? —preguntó Eustace en un susurro.

—Lo había visto en otra ocasión —respondió Tirian—. Pero entonces estaba tallado en piedra, recubierto de oro y con diamantes auténticos por ojos. Fue cuando no era mucho mayor que tú, y había ido como invitado a la corte del Tisroc en Tashbaan. Me llevó al gran templo de Tash, y allí lo vi, esculpido sobre el altar.

—Entonces ¿esa... esa cosa... era Tash? —inquirió Eustace.

Pero en lugar de responderle, Tirian rodeó con el brazo los hombros de Jill y preguntó:

—¿Cómo se encuentra nuestra pequeña dama?

—Bi... bien —respondió ella, apartando las manos de su rostro demudado a la vez que intentaba sonreír—. Estoy bien. Sólo he sentido náuseas por un instante.

—Parece, pues —comentó el unicornio—, que sí existe un auténtico Tash.

—Sí —asintió el enano—, y ¡ese idiota del mono, que no creía en Tash, va a encontrarse con algo que no espera! Ha invocado a Tash y Tash ha venido.

—¿Adónde ha ido... esa cosa? —dijo Jill.

—Al norte, al corazón de Narnia —respondió Tirian—. Ha venido a habitar entre nosotros. Lo han llamado y ha acudido.

—¡Jo, jo, jo! —rió entre dientes el enano, frotándose las manos peludas—. Será una sorpresa para el mono. La gente no debería invocar demonios a menos que realmente quiera verlos aparecer.

—¿Quién sabe si Tash resultará visible para el mono? —observó Perla.

—¿Adónde ha ido Puzzle? —preguntó Eustace.

Todos gritaron su nombre y Jill dio la vuelta a la torre para ver si había ido allí.

Estaban ya cansados de buscarlo cuando por fin su enorme cabeza gris atisbó con cautela por el umbral y les dijo:

—¿Se ha ido?

Y cuando finalmente consiguieron convencerlo para que saliera, temblaba igual que un perro antes de una tormenta.

—Ahora comprendo —declaró Puzzle— que he sido un asno muy malo. Jamás debí haber escuchado a Triquiñuela. Nunca pensé que fueran a ocurrir cosas como ésta.

—Si hubieras pasado menos tiempo diciendo que no eras inteligente y más intentando serlo... —empezó Eustace, pero Jill lo interrumpió.

—Deja tranquilo al pobre Puzzle. Fue todo un error, ¿no es cierto, querido Puzzle? —Y lo besó en el hocico.

Aunque bastante impresionados por lo que habían visto, todo el grupo se sentó de nuevo y reanudó la conversación.

Perla no tenía gran cosa que contar. Mientras había estado prisionero había permanecido casi todo el tiempo atado en la parte trasera del establo, y por lo tanto no había podido oír ninguno de los planes del enemigo. Había recibido patadas —también había asestado unas cuantas como respuesta—, además de golpes y amenazas de muerte si no decía que creía que era Aslan lo que sacaban y les mostraban a la luz de las llamas todas las noches. En realidad iban a ejecutar al unicornio aquella misma mañana de no haberlo rescatado. No sabía qué le había sucedido a la oveja.

Lo que tenían que decidir entonces era si regresaban a la colina del establo aquella noche, mostraban a Puzzle a los narnianos e intentaban que comprendieran que los habían engañado, o si se escabullían hacia el este para encontrarse con la ayuda que el centauro Roonwit traía desde Cair Paravel y regresaban para atacar al mono y a los calormenos con un ejército.

A Tirian le habría gustado mucho llevar a cabo el primer plan: odiaba la idea de permitir que el mono intimidara a su gente un minuto más de lo necesario. Por otra parte, el modo en que se habían comportado los enanos la noche anterior era una advertencia. Estaba claro que no podía estar seguro de cómo se lo tomarían, por mucho que les mostrara a Puzzle. Y luego había que tener en cuenta a los soldados calormenos. Poggin pensaba que había unos treinta. Tirian estaba seguro de que si los narnianos se ponían de su parte, Perla, los niños, Poggin y él (Puzzle no contaba demasiado) tendrían muchas posibilidades de derrotarlos; pero ¿y si la mitad de los narnianos —incluidos los enanos— se limitaban a sentarse y mirar? ¿Y si luchaban contra él? El riesgo era demasiado grande. También había que contar con la nebulosa figura de Tash. ¿Qué podría hacer éste?

Y luego, como señaló Poggin, no tenía nada de malo dejar que el mono se enfrentara a sus problemas él solito durante un día o dos. Ahora no tendría a Puzzle para sacarlo y mostrarlo, y no resultaba fácil adivinar qué historia inventaría él —o Pelirrojo— para explicarlo. Si las bestias solicitaban noche tras noche ver a Aslan, y no aparecía ningún Aslan, sin duda incluso los más ingenuos empezarían a recelar.

Finalmente, todos acordaron que lo mejor era partir e intentar encontrarse con Roonwit.

En cuanto lo decidieron, resultó maravilloso lo animados que se sintieron todos. Francamente no creo que se debiera a que a ninguno le asustara la idea de una pelea (excepto, tal vez, a Jill y Eustace). Pero me atrevería a decir que cada uno de ellos, en su fuero interno, estaba contento de no tener que acercarse —o no hacerlo por el momento— a aquella criatura horrible de cabeza de pájaro que, visible o invisible, probablemente rondaba en aquellos momentos la colina del establo. De todos modos, siempre nos sentimos mejor cuando hemos tomado una decisión.

Tirian dijo que lo mejor sería que se quitaran los disfraces, si no querían que los confundieran con calormenos y tal vez los atacaran los narnianos leales con que pudieran tropezarse. El enano preparó una masa de aspecto horrible con las cenizas del fogón y con grasa sacada de una jarra de aquella sustancia que se guardaba para frotarla sobre espadas y puntas de lanza, y a continuación se quitaron la armadura calormena y bajaron al arroyo.

La asquerosa mezcla formaba una espuma como la que deja un jabón blando: resultaba un espectáculo muy agradable y hogareño ver a Tirian y a los dos niños arrodillados junto al agua, restregándose el cuello o jadeando y resoplando mientras eliminaban la espuma con el agua. Luego regresaron a la torre con el rostro enrojecido y brillante, igual que alguien que se ha dado un baño largo y especial antes de asistir a una fiesta, y se volvieron a armar al auténtico estilo narniano, con espadas rectas y escudos triangulares.

—¡Cielos! —dijo Tirian—. Eso está mejor. Vuelvo a sentirme un hombre de verdad.

Puzzle rogó con vehemencia que le quitaran la piel de león de encima. Dijo que le producía demasiado calor y que el modo en que estaba arrugada sobre su lomo resultaba incómodo: además, le daba un aspecto ridículo. Pero le dijeron que tendría que llevarla un poco más, pues todavía deseaban mostrarlo con aquel disfraz a las otras bestias, incluso aunque fueran al encuentro de Roonwit primero.

No valía la pena llevarse lo que quedaba de la carne de paloma torcaz y de conejo, pero sí cogieron algunas galletas. Luego Tirian cerró la puerta de la torre con llave y aquél fue el final de su estancia allí.

Eran algo más de las dos de la tarde cuando se pusieron en marcha, y era el primer día realmente cálido de aquella primavera. Las hojas nuevas parecían hallarse mucho más crecidas que el día anterior: los copos de nieve habían desaparecido, aunque sí vieron algunas prímulas. Los rayos del sol caían oblicuamente por entre los árboles, los pájaros cantaban y siempre, aunque por lo general sin ser visto, los acompañaba el sonido de un manantial. Resultaba difícil pensar en cosas horribles como Tash. Los niños se decían: «Por fin estamos en Narnia». Incluso Tirian sintió que se le alegraba el corazón mientras andaba por delante de ellos, tarareando una vieja canción marcial narniana cuyo estribillo era:

Pom, retumba, retumba, retumba, retumba
Retumba, tambor, ¡con fuerza retumba!

Detrás del rey iban Eustace y el enano Poggin. Éste indicaba al niño los nombres de todos los árboles, aves y plantas narnianos que aún no conocía, y de vez en cuando Eustace le hablaba de otros de su propio mundo.

Tras ellos marchaba Puzzle, y detrás de él, Jill y Perla, andando muy juntos. Podía decirse que Jill se había prendado del unicornio. Pensaba —y no estaba muy equivocada— que se trataba del animal más radiante, delicado y elegante que había conocido jamás; y éste era tan amable y dulce que, si no lo hubiera sabido, apenas habría podido creer lo feroz y terrible que resultaba en combate.

—¡Qué agradable! —declaró la niña—. Me encanta andar así, tranquilamente. Ojalá pudiera haber más aventuras como ésta. Es una lástima que siempre sucedan tantas cosas en Narnia.

Pero el unicornio le explicó que estaba muy

equivocada. Dijo que a los Hijos e Hijas de Adán y Eva los sacaban de su extraño mundo para traerlos a Narnia únicamente en épocas en las que en Narnia reinaba el desorden y los contratiempos, pero que no debía pensar que siempre estaba así. Entre sus visitas existían cientos y miles de años en los que un rey pacífico seguía a otro rey pacífico hasta que apenas se conseguía recordar sus nombres o contar cuántos habían sido, y casi no había nada que hacer constar en los libros de Historia. Y pasó a hablarle de antiguas reinas y héroes de los que la niña nunca había oído hablar. Le habló de Cisne Blanco, la reina que había vivido antes de los tiempos de la Bruja Blanca y el Gran Invierno, que era tan hermosa que cuando se contemplaba en cualquier estanque del bosque el reflejo de su rostro resplandecía en el agua como una estrella durante un año y un día. Habló de la liebre Bosque Lunar, que poseía unas orejas tales que podía sentarse junto al estanque del Caldero bajo el tronar de la enorme cascada y oír lo que los hombres comentaban en susurros en Cair Paravel. Mencionó que el rey Vendaval, que era el noveno descendiente del rey Frank, el primero de todos los reyes, había navegado muy lejos por los mares orientales y liberado a los habitantes de las islas Solitarias de un dragón y cómo, a cambio, éstos le habían entregado las islas para que formaran parte del territorio real de Narnia para siempre. Habló de siglos enteros en los que todo Narnia era tan feliz que bailes y banquetes memorables o, como mucho, torneos eran las únicas cosas que se recordaban, y todos los días y las semanas eran mejores que los anteriores. Y a medida que proseguía su relato, la imagen de todos aquellos años felices, todos esos miles de años, se acumuló en la mente de Jill hasta que fue como contemplar desde una colina elevada una llanura fértil y hermosa llena de bosques, arroyos y trigales, que se extendía a lo lejos hasta difuminarse en la distancia. Y la niña dijo:

—Cómo deseo que podamos solucionar pronto lo del mono y regresar a esos tiempos normales y felices. Y luego espero que sigan así para siempre jamás. Nuestro mundo terminará algún día. Tal vez éste no lo haga. Oye, Perla, ¿no sería fantástico si Narnia durara y durara, como has dicho que ha sido hasta ahora?

—No, pequeña —respondió el unicornio—, todos los mundos llegan a su fin, excepto el propio país de Aslan.

—Bueno, al menos —prosiguió Jill—, espero que el final de éste se encuentre a millones y millones de millones de años de distancia. ¡Vaya! ¿Por qué nos detenemos?

El rey, Eustace y el enano tenían la vista fija en el cielo. Jill se estremeció, recordando los horrores que ya habían visto; pero no ocurría nada de eso en aquella ocasión. Sólo había algo pequeño, que parecía negro al recortarse contra el azul del cielo.

—Por su forma de volar —comentó el unicornio—, juraría que se trata de un pájaro parlante.

—Eso creo yo —respondió el rey—. Pero ¿es un amigo o un espía del mono?

—En mi opinión, señor —intervino el enano—, se parece al águila Sagaz.

—¿No deberíamos ocultarnos bajo los árboles? —preguntó Eustace.

—No —respondió Tirian—, es mejor que permanezcamos quietos como piedras. Seguro que nos verá si nos movemos.

—¡Mirad! Está girando, ya nos ha visto —indicó Perla—. Desciende en amplios círculos.

—Pon una flecha en el arco, muchacha —dijo Tirian a Jill—. Pero no dispares hasta que te lo ordene. Puede tratarse de un amigo.

Si alguien hubiera sabido lo que iba a suceder a continuación, habría resultado todo un placer contemplar la gracia y facilidad con que la enorme ave descendía. Fue a posarse en un peñasco a pocos metros de Tirian, inclinó la cabeza coronada por un penacho y dijo con su curiosa voz de águila:

—Saludos, majestad.

—Saludos, Sagaz —respondió Tirian—. Y puesto que me llamas majestad, puedo creer que no eres un seguidor del mono y de su falso Aslan. Me siento muy complacido con tu llegada.

—Señor —siguió el ave—, cuando hayáis oído mis noticias lamentaréis más mi llegada que la mayor aflicción que os haya sobrevenido jamás.

El corazón de Tirian pareció dejar de latir al escuchar aquellas palabras, pero apretó los dientes y respondió:

—Cuenta.

—Dos espectáculos he contemplado —explicó Sagaz—. Uno fue Cair Paravel lleno de narnianos muertos y calormenos vivos: el estandarte del Tisroc sobre vuestras reales almenas y vuestros súbditos huyendo de la ciudad, en todas direcciones, hacia el interior del bosque. Tomaron Cair Paravel desde el mar. Veinte barcos enormes de Calormen atracaron en plena noche anteayer.

Nadie fue capaz de hablar.

—Y el otro espectáculo, cinco leguas más cerca que Cair Paravel, fue el de Roonwit, el centauro, muerto con una flecha calormena en el costado. Estuve con él en sus últimos momentos y me dio este mensaje para su majestad: que recordarais que todos los mundos finalizan y que una muerte noble es un tesoro que nadie es demasiado pobre para obtener.

—Así pues —declaró el rey, tras un largo silencio—, Narnia ha dejado de existir.

CAPÍTULO 9

La gran reunión en la colina del establo

Durante un buen rato fueron incapaces de hablar y de derramar una lágrima siquiera. Luego, el unicornio pateó el suelo con un casco, sacudió las crines y habló.

—Señor —dijo—, no hay necesidad de más información. Ya vemos que los planes del mono estaban mejor maquinados de lo que imaginábamos. Sin duda hace tiempo que mantenía tratos secretos con el Tisroc, y en cuanto encontró la piel de león lo avisó de que preparara su armada para tomar Cair Paravel y toda Narnia. Nada podemos hacer nosotros siete, excepto regresar a la colina del establo, proclamar la verdad y aceptar la aventura que Aslan nos envía. Y si, por gran maravilla, derrotamos a aquellos treinta calormenos que están con el mono, luego regresaremos otra vez y moriremos combatiendo con el ejército mucho mayor que muy pronto marchará desde Cair Paravel.

Tirian asintió; pero se volvió hacia los niños y dijo:

—Bien, amigos, es hora de que os marchéis a vuestro mundo. Sin duda habéis hecho todo lo que os enviaron a hacer.

—Pe... pero no hemos hecho nada —protestó Jill, que temblaba, no de miedo exactamente, sino porque todo resultaba espantoso.

—Nada de eso —replicó el monarca—, me liberasteis del árbol; os deslizasteis ante mí como una serpiente anoche en el bosque y cogisteis a Puzzle; y tú, Eustace, mataste a tu adversario. Pero sois demasiado jóvenes para compartir un fin tan sangriento como el que los demás debemos encontrar esta noche o, tal vez, dentro de tres días. Os ruego... no, os ordeno que regreséis a vuestro hogar. Sería una vergüenza para mí permitir que guerreros tan jóvenes perecieran en combate a mi lado.

—No, no, no —dijo Jill (muy blanca cuando empezó a hablar y luego repentinamente ruborizada y a continuación blanca otra vez)—. No lo haremos, no me importa lo que digáis. Vamos a quedarnos junto a vos suceda lo que suceda, ¿no es cierto, Eustace?

—Sí, pero no hace falta que te exaltes tanto —respondió el niño, que se había metido las manos en los bolsillos, olvidando lo raro que eso parece cuando uno lleva puesta una cota de malla—. Porque lo cierto es que no tenemos elección. ¿De qué sirve hablar de regresar? ¿Cómo? ¡Carecemos de magia para hacerlo!

Aquello era de sentido común, pero en ese momento, Jill odió a Eustace por decirlo. Al niño le gustaba mostrarse tremendamente realista cuando los demás se emocionaban.

Cuando Tirian comprendió que los dos forasteros no podían regresar a su casa —a menos que Aslan los llevara allí de repente—, lo siguiente que quiso fue que cruzaran las montañas meridionales hacia el interior de Archenland, donde posiblemente estarían a salvo. Pero ellos no conocían el camino y no había nadie que pudiera acompañarlos. También, como dijo Poggin, una vez que los calormenos tuvieran Narnia, sin duda se apoderarían de Archenland al cabo de una o dos semanas: el Tisroc siempre había querido poseer aquellos países del norte. Al final Eustace y Jill suplicaron con tanta energía que Tirian dijo que podían ir con él y arriesgarse... o, como lo denominó con más sensatez, «aceptar la aventura que Aslan les enviara».

La primera idea del rey fue que no debían regresar a la colina del establo —estaban hartos incluso del nombre a aquellas alturas— hasta después del anochecer. Pero el enano les dijo que si llegaban allí de día probablemente hallarían el lugar desierto, con la excepción tal vez de un centinela calormeno. Las bestias estaban demasiado asustadas por lo que el mono y Pelirrojo les habían contado sobre aquel nuevo Aslan enfurecido —o Tashlan— para acercarse allí, excepto cuando las convocaban a aquellas horribles reuniones nocturnas. Y los calormenos nunca habían sido buenos moviéndose por los bosques. Poggin pensaba que incluso de día podían llegar a algún punto situado detrás del establo sin que los vieran. Algo que sería mucho más difícil de conseguir al caer la noche, cuando el mono hubiera convocado a las bestias y todos los calormenos se hallaran de guardia. Y cuando la reunión se iniciara podían dejar a Puzzle detrás del establo, bien oculto, hasta el momento en que quisieran mostrarlo. Aquello era evidentemente algo bueno: pues su única posibilidad era dar a los narnianos una sorpresa.

Todos estuvieron de acuerdo y el grupo se puso en marcha siguiendo una nueva ruta —noroeste— en dirección a la odiada colina. El águila unas veces volaba de un lado a otro por encima de ellos y en otras permanecía posada en el lomo de Puzzle. Nadie —ni siquiera el rey mismo, excepto en un momento de gran necesidad— soñaría con montar sobre un unicornio.

En aquella ocasión Jill y Eustace anduvieron juntos. Se habían sentido muy valientes cuando suplicaban que se les permitiera acompañar al resto, pero ahora habían perdido el coraje.

—Pole —dijo Eustace en un susurro—, creo que debería decirte que tengo mucho miedo.

—Tú no debes preocuparte, Scrubb —respondió ella—. Sabes pelear. Pero yo... yo estoy temblando, si quieres saber la verdad.

—Vaya, ¡temblar no es nada! —repuso él—. Yo tengo la sensación de que voy a vomitar.

—No menciones eso, por el amor de Dios —replicó Jill.

Siguieron andando en silencio durante un minuto o dos.

—Pole —dijo Eustace al poco tiempo.

—¿Sí?

—¿Qué sucederá si nos matan aquí?

—Bueno, estaremos muertos, supongo.

—Pero me refiero a ¿qué sucederá en nuestro mundo? ¿Despertaremos y nos encontraremos de vuelta en aquel tren? O ¿sencillamente nos desva-

neceremos y nadie volverá a saber de nosotros? O
¿apareceremos muertos en Inglaterra?

—Caramba. Nunca había pensado en eso.

—A Peter y los demás les resultará muy raro
vernos saludando desde la ventanilla y luego
cuando el tren entre en la estación ¡que no aparez-
camos por ninguna parte! O si encuentran dos...
quiero decir, si estamos muertos allí en Inglaterra.

—¡Uf! —exclamó ella—. Qué idea tan horrible.

—No sería horrible para nosotros. Nosotros no
estaríamos allí.

—Casi desearía... no, bien pensado, no lo desearía —dijo Jill.

—¿Qué ibas a decir?

—Iba a decir que desearía que no hubiéramos
venido nunca. Pero no es cierto, no es cierto, no es
cierto. Incluso aunque nos maten. Prefiero que
me maten luchando por Narnia que envejecer y
chochear allí en casa y a lo mejor tener que ir en
una silla de ruedas para, además, acabar murien-
do igualmente.

—¡O quedar hechos pedazos en un ferrocarril
británico!

—¿Por qué dices eso?

—Bueno, cuando se produjo aquella sacudida
tremenda, la que pareció arrojarnos a Narnia,
pensé que había habido un accidente de trenes.

De modo que me alegré muchísimo cuando aparecimos aquí.

Mientras Jill y Eustace conversaban sobre aquello, los demás discutían planes y se iban sintiendo cada vez menos desdichados. Se debía a que pensaban entonces en lo que tenían que hacer aquella misma noche y la idea de lo que le había sucedido a Narnia —que toda su gloria y felicidad habían tocado a su fin— quedó relegada al fondo de sus mentes. En cuanto dejaran de hablar volvería a reaparecer y a hacer que se sintieran desgraciados: pero siguieron hablando. Poggin se mostraba muy animado con la tarea nocturna que debían llevar a cabo. Estaba seguro de que el jabalí y el oso, y probablemente los perros, se pondrían de su lado al instante; tampoco podía creer que todos los demás enanos se mantuvieran fieles a Griffle. Y pelear a la luz de las llamas y entrando y saliendo del bosque sería una ventaja para el bando más débil. Y luego, si conseguían vencer aquella noche, ¿era realmente necesario que sacrificaran sus vidas yendo al encuentro del ejército calormeno al cabo de pocos días?

¿Por qué no ocultarse en los bosques o incluso arriba, en el desierto Occidental, más allá de la gran catarata y vivir como proscritos? Y luego tal vez se irían haciendo gradualmente más y más fuertes, pues se les unirían diariamente bestias parlantes y gentes de Archenland; hasta que, finalmente, saldrían de su escondrijo y barrerían a los calormenos (que se habrían vuelto descuidados para entonces) del país y Narnia volvería a revivir. ¡Al fin y al cabo ya había ocurrido algo muy parecido en tiempos del rey Miraz!

Y Tirian escuchaba todo aquello y pensaba: «Pero ¿qué sucederá con Tash?», y sentía en sus huesos que nada de eso iba a suceder, aunque no lo decía.

Cuando llegaron cerca de la colina del establo, todo el mundo, como es natural, calló. Entonces se inició la auténtica tarea de moverse por el bosque. Desde el momento en que avistaron por vez primera la colina hasta el momento en que llegaron a la parte de detrás del establo, transcurrieron más de dos horas. Es una de esas cosas que no se pueden describir adecuadamente a menos que uno dedique páginas y más páginas a ello. El trayecto desde cada escondrijo al siguiente era toda una aventura en sí mismo, y tuvieron lugar largas esperas entre unos y otros, y varias falsas alarmas. Si eres un buen explorador o exploradora sabrás cómo debió de ser. Cerca del atardecer estaban todos bien resguardados en un grupo de acebos, a unos quince metros por detrás del establo. Comieron unas cuantas galletas y se acostaron.

Entonces llegó la peor parte, la espera. Por suerte para ellos, los niños durmieron un par de horas, pero desde luego despertaron en cuanto la

noche se tornó fría y, lo que fue peor, despertaron sedientos y sin la menor posibilidad de conseguir agua. Puzzle se limitó a permanecer allí parado, tiritando un poco debido a los nervios, y no dijo nada. Sin embargo, Tirian, con la cabeza apoyada en el costado de Perla, durmió tan profundamente como si se encontrara en su real cama en Cair Paravel, hasta que el sonido de un gong lo despertó y, al incorporarse, descubrió que había una hoguera encendida al otro lado del establo y comprendió que había llegado la hora.

—Dame un beso, Perla —dijo—. Pues ciertamente ésta es nuestra última noche en la tierra. Y si alguna vez te he ofendido en cualquier cuestión grande o pequeña, perdóname ahora.

—Querido rey —respondió el unicornio—, casi desearía que hubierais hecho algo malo para poder perdonarlo. Adiós. Hemos conocido grandes alegrías juntos. Si Aslan me dejara escoger, no elegiría otra vida que la que he tenido y ninguna otra muerte que aquella a la que nos dirigimos.

Entonces despertaron a Sagaz, que dormía con la cabeza bajo el ala y daba la impresión de carecer de cabeza. Avanzaron sigilosamente hasta el establo. Dejaron a Puzzle —no sin una palabra amable, pues nadie estaba enfadado ya con él— en la parte trasera, diciéndole que no se moviera hasta que alguien fuera a buscarlo, y ellos ocuparon sus posiciones en una esquina.

La hoguera no llevaba mucho tiempo encendida y justo entonces empezaba a arder con fuerza. Estaba a tan sólo unos pasos de ellos, y la gran multitud de criaturas narnianas estaba del otro lado, de modo que Tirian no pudo verlas muy bien al principio, aunque desde luego distinguió docenas de ojos que brillaban con el reflejo del fuego, igual que se ven los ojos de un conejo o un gato a la luz de los faros de un coche. Mientras Tirian ocupaba su lugar, el gong dejó de sonar y de algún punto situado a su izquierda surgieron tres figuras. Una era Rishda Tarkaan, el capitán calormeno; la segunda era el mono, que se sujetaba con una mano a la mano del tarkaan y no dejaba de gimotear y farfullar:

—No tan rápido, no andes tan de prisa, no me encuentro nada bien. ¡Mi pobre cabeza! Estas reuniones de medianoche empiezan a resultar demasiado agotadoras para mí. Los monos no han sido creados para estar levantados por la noche; no soy una rata ni un murciélago... Ay, mi pobre cabeza.

Al otro lado del mono, andando con elegancia y majestuosidad, con la cola bien erguida en el aire, iba el gato Pelirrojo. Se encaminaban hacia la hoguera y estaban tan cerca de Tirian que lo habrían visto de haber mirado en la dirección correcta; aunque por suerte no lo hicieron. Sin embargo, Tirian oyó que Rishda decía a Pelirrojo en voz baja:

—Ahora, gato, a tu puesto. Haz bien tu parte.

—¡Miau, miau! ¡Cuenta conmigo! —respondió él.

A continuación se alejó hasta el otro lado de la hoguera y se sentó en la primera fila de los ani-

males allí reunidos: entre el público, se podría decir.

Pues en realidad, como se pudo ver, todo aquello fue como una representación. La multitud de narnianos era como la gente que ocupa los asientos; el pequeño trozo cubierto de hierba situado justo frente al establo, donde ardía la hoguera y donde el mono y el capitán se colocaron para hablar a los reunidos, era el equivalente al escenario; el mismo establo era como el decorado situado al fondo; y Tirian y sus amigos, las personas que atisban entre bambalinas. Era una posición magnífica, pues si cualquiera de ellos se adelantaba hasta quedar bajo la luz de las llamas, todos los ojos quedarían fijos en él al instante: por otra parte, mientras permanecieran inmóviles en las sombras de la pared posterior del establo, era muy poco probable que nadie advirtiera su presencia.

Rishda Tarkaan arrastró al mono cerca del fuego. La pareja se colocó de cara a la multitud, y eso significaba, claro, que daban la espalda a Tirian y a sus amigos.

—Ahora, mono —dijo Rishda Tarkaan en voz baja—, di las palabras que mentes más preclaras han puesto en tu boca. Y mantén la cabeza bien alta.

Mientras lo decía asestó al mono un puntapié para que avanzara.

—Déjame en paz —masculló Triquiñuela; pero se sentó más erguido y empezó a decir en voz más alta—: Escuchad, todos vosotros. Ha sucedido una cosa terrible. Algo malvado. La cosa más malvada que haya tenido lugar jamás en Narnia. Y Aslan...

—Tashlan, estúpido —susurró Rishda Tarkaan.

—Tashlan, quiero decir, claro —siguió el mono—, está muy irritado por ello.

Se produjo un silencio terrible mientras los animales aguardaban para oír qué nuevo infortunio los esperaba. El pequeño grupo situado junto a la pared posterior del establo también contuvo el aliento. ¿Qué iba a suceder?

—Sí —continuó el mono—, en este mismo instante, en que el Ser Terrible en persona se encuentra entre nosotros, ahí en el establo, justo detrás de mí, una bestia perversa ha decidido hacer lo que vosotros pensaríais que nadie osaría hacer, incluso aunque «él» se hallara a miles de kilómetros de distancia. Se ha disfrazado con una piel de león y deambula por estos mismos bosques fingiendo ser Aslan.

Jill se preguntó por un instante si el mono se había vuelto loco. ¿Iba a contar toda la verdad? Un rugido de horror brotó de los animales. «¡Grrr!», gruñeron.

—¿Quién es? ¿Dónde está? ¡Deja que le hinque el diente!

—Fue visto anoche —aulló el mono—, pero escapó. ¡Es un asno! ¡Un asno corriente y miserable! Si alguno de vosotros ve a ese asno...

—¡Grrr! —rugieron las bestias—. Lo haremos, lo haremos. Será mejor que se mantenga apartado de nosotros.

Jill miró al rey. Éste estaba boquiabierto y en su rostro se pintaba una expresión horrorizada. Y entonces comprendió la diabólica astucia del plan de sus enemigos. Al mezclar un poco de verdad en ella habían logrado que su mentira fuera mucho más poderosa. ¿De qué servía, ahora, decirles a los animales que habían disfrazado a un asno de león para engañarlos? El mono se limitaría a decir: «Eso es justo lo que he dicho». ¿De qué serviría mostrarles a Puzzle con la piel de león? La multitud lo despedazaría.

—Nos han tomado la delantera —musitó Eustace.

—Han socavado nuestra posición —declaró Tirian.

—¡Maldito, maldito ingenio! —exclamó Poggin—. Juraría que esta nueva mentira es obra de Pelirrojo.

CAPÍTULO 10

¿Quién entrará en el establo?

Jill notó que algo le hacía cosquillas en la oreja. Era Perla, el unicornio, que le murmuraba al oído con el amplio susurro de una boca de caballo. En cuanto escuchó lo que le decía, asintió y regresó de puntillas a donde estaba Puzzle. Rápidamente y sin hacer ruido, cortó las últimas cuerdas que le sujetaban la piel de león. ¡Era mejor que no lo pescaran con aquello puesto, después de lo que había dicho el mono! Le habría gustado ocultar la piel en algún lugar muy alejado, pero era demasiado pesada; así que lo mejor que pudo hacer fue empujarla a patadas entre los matorrales más espesos. Luego hizo señas a Puzzle para que la siguiera y los dos se reunieron con el resto.

El mono volvía a hablar.

—Y tras una cosa espantosa como ésa, Aslan... Tashlan... está más enojado que nunca. Dice que ha sido excesivamente bondadoso con vosotros, saliendo cada noche para que lo vierais, ¿sabéis? Así que ya no va a volver a salir.

Aullidos, maullidos, chillidos y gruñidos fueron la respuesta de los animales a aquello, pero de repente una voz muy distinta hizo su aparición con una sonora carcajada.

—Escuchad lo que dice el mono —gritó—; nosotros sabemos por qué no va a sacar a su precioso Aslan. Os diré el motivo: porque ya no lo tiene. Jamás tuvo nada excepto un viejo asno con una piel de león sobre el lomo. Ahora lo ha perdido y no sabe qué hacer.

Tirian no podía ver bien los rostros situados al otro lado del fuego, pero adivinó que quien hablaba era Griffle, el jefe enano. Y tuvo la certeza de ello cuando, al cabo de un segundo, todas las voces de los enanos se le unieron para corear:

—¡No sabe qué hacer! ¡No sabe qué hacer! ¡No sabe qué haceeeer!

—¡Silencio! —tronó Rishda Tarkaan—. ¡Silencio, hijos del barro! Escuchadme, vosotros, los otros narnianos, no sea que ordene a mis guerreros que caigan con las espadas desenvainadas. Lord Triquiñuela ya os ha hablado de ese asno perverso. ¿Creéis acaso que debido a él no hay un auténtico Tashlan en el establo? ¿Lo creéis? ¡Tened cuidado, tened cuidado!

—No, no —gritó gran parte de la muchedumbre.

Sin embargo los enanos dijeron:

—Eso es, morenito, lo has entendido. Vamos, mono, muéstranos qué hay en el establo, «si no lo veo, no lo creo».

—Vosotros, enanos, creéis que sois muy listos, ¿no es cierto? —respondió el mono cuando se produjo un momento de silencio—. Pero no vayáis tan rápido. Jamás dije que no se pudiera ver a Tashlan. Cualquiera que lo desee puede hacerlo.

Toda la concurrencia calló. Luego, tras casi un minuto, el oso empezó a decir con voz lenta y perpleja.

—No acabo de entenderlo —refunfuñó—, pensaba que habías dicho que...

—¡Pensabas! —repitió el mono—. Cómo si alguien pudiera llamar «pensar» a lo que pasa por tu cabeza. Escuchad los demás. Cualquiera puede ver a Tashlan. Pero él no va a salir. Tenéis que entrar y verlo.

—Gracias, gracias, gracias —respondieron docenas de voces—. ¡Eso es lo que queríamos! Podemos entrar y verlo cara a cara. Y ahora será amable y todo será como antes.

Y los pájaros parlotearon, y los perros ladraron nerviosos. Luego, de repente, hubo un gran movimiento y el sonido de criaturas que se ponían en pie, y en un segundo todas ellas se habrían abalanzado al frente y amontonado a la vez en la puerta del establo.

—¡Atrás! —gritó el mono—. ¡Quietas! No tan de prisa.

Las bestias se detuvieron, muchas con una pata en el aire, otras meneando las colas, y todas ellas con las cabezas ladeadas.

—Pensaba que habías dicho... —empezó el oso, pero Triquiñuela lo interrumpió.

—Cualquiera puede entrar —dijo—, pero de uno en uno. ¿Quién irá primero? No he dicho que estuviera de buen humor. Se ha estado relamiendo una barbaridad desde que engulló al malvado rey la otra noche. Gruñía mucho esta mañana. A mí no me haría demasiada gracia entrar en ese establo esta noche. Pero haced lo que queráis. ¿A quién le gustaría entrar primero? No me culpéis si os engulle enteros u os convierte en ceniza con el simple terror de sus ojos. Eso es cosa vuestra. ¡Vamos pues! ¿Quién es el primero? ¿Qué tal uno de vosotros, enanos?

—¡Entremos, entremos, y ya nunca saldremos! —se burló Griffle—. ¿Cómo sabemos lo que tienes ahí dentro?

—¡Jo, jo! —gritó el mono—. Así que empiezas a pensar que sí hay algo ahí, ¿no? Bueno, todos vo-

sotros armabais mucho alboroto hace un momento. ¿Qué es lo que os ha dejado mudos? ¿Quién entra primero?

Pero los animales se miraron unos a otros y empezaron a apartarse del establo. Muy pocas colas se agitaban entonces. El mono paseó contoneándose de un lado a otro mientras se burlaba de ellos.

—¡Jo, jo, jo! —rió por lo bajo—. ¡Pensaba que estabais todos ansiosos por ver a Tashlan cara a cara! Habéis cambiado de idea, ¿no es eso?

Tirian inclinó la cabeza para escuchar algo que Jill intentaba susurrarle al oído.

—¿Qué creéis que hay realmente en el interior del establo? —le preguntó.

—¿Quién sabe? —respondió él—. Lo más probable es que haya dos calormenos con las espadas desenvainadas, uno a cada lado de la puerta.

—¿No creéis —dijo Jill— que pueda tratarse... ya sabéis... de esa cosa horrible que vimos?

—¿Tash mismo? —musitó Tirian—. No hay modo de saberlo. Pero valor, pequeña, todos estamos en manos del auténtico Aslan.

Entonces sucedió una cosa sorprendente. El gato Pelirrojo anunció con voz tranquila y clara, sin el menor atisbo de nerviosismo.

—Yo entraré, si os parece.

Todas las criaturas se volvieron y clavaron los ojos en el felino.

—Fijaos en lo sutiles que son —indicó Poggin al rey—. Este maldito gato forma parte del complot, está en el meollo. Lo que sea que haya en el establo no le hará daño, estoy seguro. Entonces Pelirrojo saldrá otra vez y dirá que ha visto algo maravilloso.

Tirian no tuvo tiempo de responderle, pues el mono llamaba ya al gato para que se adelantara.

—¡Jo, jo! —dijo—. Así que tú, un minino insolente, vas a mirarlo cara a cara. ¡Vamos, pues! Te abriré la puerta. No me culpes si te pone los bigotes de punta. Eso es cosa tuya.

Y el gato se levantó y abandonó su lugar en la multitud, andando remilgada y delicadamente, con la cola bien erguida, sin un solo pelo del brillante pelaje fuera de lugar. Siguió avanzando hasta haber dejado atrás el fuego y se acercó tanto que Tirian, desde su puesto con el hombro pegado a la pared del fondo del establo, le podía ver directamente el rostro. Los grandes ojos verdes del felino ni siquiera pestañeaban.

—Fresco como una lechuga —masculló Eustace—. Sabe que no tiene nada que temer.

El mono, riendo por lo bajo y haciendo muecas, avanzó junto al gato, arrastrando los pies; alzó la

mano, descorrió el pestillo y abrió la puerta. A Tirian le pareció oír el ronroneo del gato mientras atravesaba el oscuro umbral.

—¡Aii-aii-iaouuu!

El maullido más espantoso que nadie haya oído jamás hizo que todos dieran un salto. Si alguna vez te han despertado gatos peleando o cortejándose en el tejado en plena noche, ya puedes imaginar cómo fue su maullido.

Pues aquél fue peor. Pelirrojo derribó de espaldas al mono en su huida precipitada del establo, y de no haber sabido que se trataba de un gato, se podría haber creído que era un relámpago de color naranja. Como una exhalación, atravesó el trozo despejado de hierba hasta donde estaba el grupo de animales. Nadie desea encontrarse con un gato en ese estado, de modo que se podía ver a las criaturas apartándose de su camino a derecha e izquierda. El felino trepó veloz a un árbol, giró en redondo y se colgó cabeza abajo. Tenía la cola tan erizada que era casi tan gruesa como todo su cuerpo: los ojos eran como platos de fuego verde, y todos los pelos de su lomo estaban de punta.

—¡Daría mi barba —musitó Poggin— por saber si ese bruto se limita a actuar o si realmente ha encontrado algo que lo ha asustado!

—Silencio, amigo —indicó Tirian, pues el capitán y el mono también cuchicheaban y quería escuchar lo que decían.

No lo consiguió, únicamente pudo oír que el mono gimoteaba una vez más: «Mi cabeza, mi cabeza», pero le pareció que aquellos dos estaban casi tan perplejos por el comportamiento del gato como él mismo.

—Vamos, Pelirrojo —dijo el capitán—. Deja ya de hacer ese ruido. Diles lo que has visto.

—Aii... aii... miaouuu... aiaa —chilló el gato.

—¿No te llaman una bestia parlante? —inquirió el capitán—. Pues entonces deja de hacer ese ruido infernal y habla.

Lo que siguió fue horrible. Tirian estaba totalmente convencido —y los demás también— de que el felino intentaba decir algo: pero nada salía de su boca excepto los sonidos felinos corrientes y desagradables que se podrían oír de boca de un viejo gato callejero enfurecido o asustado en cualquier patio trasero de nuestro mundo. Y cuanto más maullaba, menos parecía una bestia parlante. Gimoteos inquietos y pequeños chillidos agudos surgieron de entre los otros animales.

—¡Mirad, mirad! —dijo la voz del oso—. No puede hablar. ¡Ha olvidado cómo hablar! Se ha vuelto a convertir en una bestia muda. Mirad su rostro.

Todos comprendieron que era cierto. Y entonces el mayor terror de todos cayó sobre los narnianos; pues a todos ellos se les había enseñado —cuando eran apenas una cría o un polluelo— cómo Aslan en el comienzo del mundo había convertido a las bestias de Narnia en bestias parlantes y les había advertido que si no eran buenas podrían perder un día esa capacidad y volver a ser como los pobres animales necios que se encuentra en otros países.

—Y ahora nos está ocurriendo —gimieron.

—¡Piedad! ¡Piedad! —se lamentaron los animales—. Ten misericordia, lord Triquiñuela, intercede por nosotros ante Aslan, tienes que entrar y hablar con él a nuestro favor. Nosotros no nos atrevemos, no nos atrevemos.

Pelirrojo desapareció en la zona más alta del árbol y nadie volvió a verlo jamás.

Tirian permaneció inmóvil, con la mano en la

empuñadura de la espada y la cabeza inclinada. Se sentía aturdido por los horrores de aquella noche. En ocasiones pensaba que lo mejor sería desenvainar la espada al instante y cargar contra los calormenos; luego, al momento siguiente, pensaba que lo mejor era aguardar y ver qué nuevo cariz podían tomar las cosas. Y entonces se produjo un nuevo giro en los acontecimientos.

—Padre mío —se oyó que decía una voz clara y resonante desde el lado izquierdo de la multitud.

El rey supo al momento que era uno de los soldados calormenos quien hablaba, pues en el ejército del Tisroc los soldados rasos llaman a los oficiales «mi señor» pero lo oficiales llaman a los oficiales superiores «padre mío». Jill y Eustace no lo sabían, pero tras mirar a un lado y a otro, vieron al que había hablado, pues la gente situada a los lados de la multitud resultaba más fácil de distinguir que la que estaba en el centro, donde el resplandor de las llamas hacía que todo lo que quedaba del otro lado pareciera casi negro. Era un hombre joven, alto y delgado, e incluso bastante apuesto a la manera sombría y altanera de los calormenos.

—Padre mío —repitió al capitán—, yo también deseo entrar.

—Silencio, Emeth —ordenó éste—, ¿quién te ha pedido que intervengas? ¿Es acaso propio de un muchacho hablar?

—Padre mío —prosiguió Emeth—, realmente soy más joven que vos, sin embargo, también llevo sangre de tarkaanes como vos, y también soy un siervo de Tash. Por lo tanto...

—Silencio —dijo Rishda Tarkaan—. ¿No soy tu capitán? No tienes nada que ver con este establo. Es para los narnianos.

—No, padre mío —respondió Emeth—, vos habéis dicho que su Aslan y nuestro Tash son una misma cosa. Y si eso es cierto, entonces Tash en persona se encuentra ahí. Y ¿cómo decís vos que no tengo nada que ver con él? Pues de buena gana moriría mil veces a cambio de poder contemplar una sola el rostro de Tash.

—Eres un idiota y no entiendes nada —dijo Rishda Tarkaan—. Estamos hablando de cosas serias.

—¿No es entonces cierto que Tash y Aslan sean uno solo? —preguntó el soldado, y su rostro se tornó más severo—. ¿Nos ha mentido el mono?

—Claro que son uno solo —respondió el mono.

—Júralo, mono —exigió Emeth.

—¡Cielos! —lloriqueó Triquiñuela—. Cómo desearía que todos dejarais de fastidiarme. Me duele la cabeza. Sí, sí, lo juro.

—En ese caso, padre mío —declaró el joven—. Estoy totalmente decidido a entrar.

—Idiota —empezó a decir Rishda.

Pero al momento todos los enanos se pusieron a gritar:

—Vamos, morenito, ¿por qué no dejas que entre? ¿Por qué dejas entrar a los narnianos y no a tu propia gente? ¿Qué tienes ahí dentro que no quieres que tus hombres vean?

Tirian y sus amigos únicamente podían ver la espalda de Rishda Tarkaan, de modo que jamás supieron qué expresión tenía su rostro mientras se encogía de hombros y decía:

—Sed testigos de que no se me puede culpar por lo que le suceda a este joven. Entra, muchacho impetuoso, y date prisa.

Entonces, igual que había hecho Pelirrojo, Emeth se adelantó despacio por el trozo despejado de hierba situado entre la hoguera y el establo. Sus ojos brillaban, el rostro era solemne, su mano estaba apoyada en la empuñadura de la espada y mantenía la cabeza muy erguida. A Jill le entraron ganas de llorar al contemplar su rostro, y Perla susurró al oído del rey:

—¡Por la melena del León! casi siento afecto por este joven guerrero, por muy calormeno que sea. Es digno de un dios mejor que Tash.

—Ojalá supiéramos qué hay ahí dentro —dijo Eustace.

Emeth abrió la puerta y penetró en la negra boca del establo. Luego cerró la puerta a su espalda. Transcurrieron tan sólo unos momentos —aunque pareció mucho más tiempo— antes de que la puerta se volviera a abrir. Una figura con armadura calormena salió tambaleante al exterior, cayó de espaldas y se quedó inmóvil: la puerta se cerró detrás. El capitán se adelantó de un salto y se inclinó para contemplar su rostro. Lanzó un grito ahogado de sorpresa, pero en seguida se recuperó y giró hacia la multitud, gritando:

—El muchacho impetuoso ha cumplido su deseo. Ha contemplado a Tash y está muerto. Aceptad esta advertencia, todos vosotros.

—Lo haremos, lo haremos —respondieron las pobres bestias.

Pero Tirian y sus amigos contemplaron primero al calormeno muerto y luego intercambiaron miradas; pues ellos, al estar tan cerca, veían lo que la muchedumbre, al estar más lejos y al otro lado del fuego, no podía ver: aquel hombre muerto no era Emeth. Era totalmente distinto: un hombre de más edad, más grueso y no tan alto, con una gran barba.

—¡Jo, jo, jo! —rió por lo bajo el mono—. ¿Alguien más? ¿Alguien más quiere entrar? Bien, puesto que todos os mostráis vergonzosos, escogeré yo al siguiente. ¡Tú, tú, jabalí! Adelante. Empujadlo, calormenos. Verá a Tashlan cara a cara.

—Magnífico —gruñó el jabalí, incorporándose pesadamente—. Vamos pues. Probad mis colmillos.

Cuando Tirian vio que el valiente jabalí se disponía a luchar por su vida —y a los soldados calormenos acercándose con las cimitarras desenvainadas— algo pareció estallar en su interior, y ya no le importó si aquél era el mejor momento para intervenir o no.

—Sacad las espadas —susurró a los demás—. Preparad el arco. Seguidme.

Al cabo de un instante, los atónitos narnianos vieron a siete figuras que se colocaban de un salto frente al establo, cuatro de ellas cubiertas con relucientes corazas. La espada del rey centelleó a la luz de las llamas cuando la agitó por encima de su cabeza y gritó con voz estentórea:

—¡Aquí estoy yo, Tirian de Narnia, en nombre de Aslan, para demostrar con mi cuerpo que Tash es un demonio repugnante, el mono es un traidor consumado y estos calormenos son indignos de seguir viviendo! A mi lado, los narnianos auténticos. ¿Aguardaréis acaso hasta que vuestros nuevos amos os hayan matado a todos de uno en uno?

CAPÍTULO 11

Las cosas se precipitan

Veloz como el rayo, Rishda Tarkaan saltó hacia atrás, lejos del alcance de la espada del monarca. No era ningún cobarde, y habría luchado sin ayuda contra Tirian y el enano de haber sido necesario; pero no podía enfrentarse también al águila y al unicornio al mismo tiempo. Sabía que las águilas pueden lanzarse contra el rostro de uno, picotearle los ojos y cegarlo con sus alas. Y había oído decir a su padre —que se había enfrentado a narnianos en combate— que ningún hombre, excepto con flechas o una lanza larga, podía competir con un unicornio, pues se alza sobre sus patas traseras al lanzarse contra uno y entonces hay que enfrentarse a la vez con sus cascos, su cuerno y sus dientes. Así pues, el capitán se precipitó al interior de la muchedumbre y, una vez allí, gritó:

—A mí, a mí, guerreros del Tisroc, que viva

eternamente. ¡A mí, narnianos leales, no sea que la cólera de Tashlan caiga sobre vosotros!

Mientras aquello sucedía, tenían lugar otras tres cosas. El mono no había advertido el peligro con tanta rapidez como el tarkaan, y durante un segundo o dos permaneció acuclillado junto al fuego, con los ojos fijos en los recién llegados. Entonces Tirian se abalanzó sobre la miserable criatura, la agarró por el pescuezo y corrió de vuelta al establo mientras gritaba:

—¡Abrid la puerta!

Así lo hizo Poggin y el monarca siguió:

—¡Ve y toma un poco de tu propia medicina, Triquiñuela!

Y arrojó al simio a la oscuridad. Pero mientras el enano cerraba de un portazo, un luz cegadora de un azul verdoso brilló en el interior del recinto, la tierra se estremeció y se oyó un sonido extraño; una mezcla de risita y alarido, como si se tratara de la voz áspera de algún pájaro monstruoso.

La bestias gimieron y aullaron, y también gritaron: «¡Tashlan! ¡Ocultadnos de él!», y muchas se echaron al suelo, y otras tantas escondieron sus rostros tras alas o zarpas. Nadie, excepto el águila Sagaz, que posee la vista más aguda de todos los seres vivos, se fijó en el rostro de Rishda Tarkaan en aquel momento. Y por lo que Sagaz pudo ver en él, supo al momento que el calormeno estaba igual de sorprendido, y casi tan asustado, como todos los demás.

«Ahí va uno —pensó el águila— que ha invocado a dioses en los que no cree. ¿Qué será de él si realmente han venido?»

La tercera cosa que ocurrió al mismo tiempo fue el único acontecimiento hermoso de la noche, pues todos los perros parlantes de la reunión (había unos quince) fueron corriendo entre saltos y ladridos de alegría a colocarse junto al rey. En su mayoría eran perros grandes con lomos gruesos y mandíbulas fuertes. Su llegada fue como el choque de una ola enorme contra la playa: casi los derribaron. Pues aunque eran perros parlantes eran tan perrunos como el que más, y todos se alzaron y apoyaron las patas delanteras en los humanos y les lamieron los rostros, diciendo todos a la vez:

—¡Bienvenidos! ¡Bienvenidos! Ayudaremos, ayudaremos, ayudaremos. Mostradnos cómo ayudar, mostradnos cómo, cómo.

Resultaba tan delicioso que casi daban ganas de llorar. Aquélla, al menos, era una de las cosas que habían estado esperando. Y cuando, al cabo de un momento, varios animales pequeños (ratones, topos, ardillas y otros por el estilo) se acercaron con pasitos rápidos, entre chillidos de alegría, diciendo: «Mirad, mirad. Aquí estamos», y después de eso, el oso y el jabalí también, Eustace empezó a sentir que tal vez, después de todo, las cosas podrían acabar saliendo bien. Sin embargo, Tirian paseó la mirada por su alrededor y vio qué pocos de los animales se habían movido.

—¡Venid a mí! ¡Venid a mí! —llamó—. ¿Es que os habéis vuelto todos cobardes desde que fui vuestro rey?

—No nos atrevemos —gimotearon docenas de voces—. Tashlan se enfadaría. Protegednos de Tashlan.

—¿Dónde están todos los caballos parlantes? —preguntó Tirian al jabalí.

—Los hemos visto, los hemos visto —chillaron los ratones—. El mono los ha hecho trabajar. Están todos atados... abajo, al pie de la colina.

—Entonces vosotros, pequeños —indicó el rey—, vosotros mordedores, roedores y cascanueces, marchad corriendo tan de prisa como podáis y averiguad si los caballos están de nuestro lado.

Y si lo están, aplicad los dientes a sus cuerdas y roedlas hasta que estén libres y podáis traerlos aquí.

—Con sumo gusto, señor —dijeron las vocecitas, y con un meneo de colas aquellas criaturas de ojos brillantes y dientes afilados partieron a toda prisa.

Tirian sonrió cariñosamente al verlas marchar. Pero era ya tiempo de pensar en otras cosas. Rishda Tarkaan empezaba a dar órdenes.

—Adelante —decía—. Cogedlos a todos con vida si podéis y arrojadlos al interior del establo o empujadlos a él. Cuando estén todos dentro lo incendiaremos y los convertiremos en una ofrenda al gran dios Tash.

—¡Ja! —dijo Sagaz para sí—. Así que de este modo es como espera obtener el perdón por su incredulidad.

La línea enemiga —aproximadamente la mitad de los hombres de Rishda— avanzaba ya, y Tirian apenas había tenido tiempo de dar sus órdenes.

—A la izquierda, Jill, e intentad disparar todo lo que podáis antes de que nos alcancen. El jabalí y el oso junto a ella. Poggin a mi izquierda, Eustace a mi derecha. Defiende el ala derecha, Perla. Quédate a su lado, Puzzle, y usa los cascos. Muévete de lado a lado y ataca, Sagaz. Vosotros, perros, justo detrás de nosotros. Meteos entre ellos en cuanto empiece la pelea. ¡Que Aslan nos ayude!

Eustace se quedó de pie, con el corazón latiéndole violentamente, mientras esperaba y deseaba mostrarse valiente. Jamás había visto nada —a pesar de haber contemplado tanto un dragón como una serpiente marina— que le helara hasta tal punto la sangre como aquella hilera de hombres de rostros oscuros y ojos brillantes. Eran quince calormenos, un toro parlante de Narnia, el zorro Taimado y el sátiro Wraggle. Entonces oyó «clang» y «fiu» a su izquierda y un calormeno cayó, luego «clang» y «fiu» otra vez y fue el sátiro quien cayó. «¡Bien hecho, muchacha!», se oyó decir a Tirian; y a continuación el enemigo se lanzó sobre ellos.

Eustace jamás consiguió recordar qué sucedió durante los dos minutos siguientes. Fue todo como una pesadilla (como las que uno sufre cuando tiene fiebre muy alta) hasta que le llegó la voz de Rishda Tarkaan que gritaba desde lejos:

—Retiraos. Regresad aquí y reagrupaos.

Entonces Eustace volvió en sí y vio que los calormenos corrían de vuelta con sus amigos. Aunque no todos; dos yacían muertos, uno atravesado por el cuerno de Perla, otro por la espada de Tirian; el zorro yacía sin vida a sus propios pies, y se preguntó si habría sido él quien lo había abatido. El toro también había caído con una flecha de Jill clavada en un ojo y con el costado desgarrado por los colmillos del jabalí. Sin embargo, el bando de Tirian también había sufrido pérdidas. Habían matado a tres perros y un cuarto cojeaba tras las líneas sobre tres patas, gimoteando. El oso estaba tumbado en el suelo, casi sin fuerzas para moverse. Luego farfulló con su voz gutural, perplejo hasta el final:

—No... no... lo comprendo. —Apoyó la cabeza sobre la hierba con la tranquilidad de un niño que se acuesta y ya no volvió a moverse.

En realidad, el primer ataque contra ellos había fracasado; pero Eustace no parecía capaz de alegrarse: estaba terriblemente sediento y el brazo le dolía horrores.

Mientras los derrotados calormenos regresaban

junto a su comandante, los enanos empezaron a mofarse de ellos.

—¿Ya habéis tenido suficiente, morenitos? —aullaron—. ¿No os gusta? ¿Por qué no va vuestro gran tarkaan a luchar en persona en lugar de enviaros a vosotros a que os maten? ¡Pobres morenitos!

—¡Enanos! —llamó Tirian—. Venid aquí y utilizad vuestras espadas, no vuestras lenguas. Todavía hay tiempo. ¡Enanos de Narnia! Podéis luchar bien, lo sé. Regresad junto a quien jurasteis fidelidad.

—¡Ja! —se burlaron los enanos—. No es probable. Sois un montón de farsantes semejantes a los otros. No queremos reyes. Los enanos para los enanos. ¡Bu!

Entonces empezó a sonar el tambor: no un tambor enano en aquella ocasión, sino un gran tambor calormeno de piel de toro. Los niños odiaron el sonido desde el principio. *Bum, bum, bababum,* tronaba. Pero lo habrían odiado aún más de haber sabido lo que significaba. Tirian sí lo sabía. Indicaba que había otras tropas calormenas en las cercanías y que Rishda Tarkaan las llamaba para que acudieran en su ayuda. Tirian y Perla se miraron entristecidos. Habían empezado a tener la esperanza de que podrían vencer aquella noche, pero si aparecían nuevos adversarios, lo tendrían todo perdido.

Tirian paseó la mirada desesperadamente a su alrededor. Varios narnianos permanecían junto a los calormenos, ya fuera por traición o debido a un temor auténtico a «Tashlan». Otros seguían sentados, mirando con fijeza, sin que existieran muchas probabilidades de que fueran a unirse a uno de los dos bandos. Sin embargo, había muchos menos animales: la multitud se había reducido. Estaba claro que varios de ellos se habían escabullido sin hacer ruido durante la pelea.

Bum, bum, bababum, sonó el horrible tambor. Entonces otro sonido empezó a mezclarse con él.

—¡Escuchad! —dijo Perla.

—¡Mirad! —dijo Sagaz a continuación.

Al cabo de un momento ya no hubo la menor duda sobre el origen del segundo sonido; con un tronar de cascos, las cabezas en movimiento, los ollares bien abiertos y las crines ondeando al viento, una veintena de caballos parlantes de Narnia ascendían como una exhalación por la colina. Los roedores habían hecho su trabajo.

El enano Poggin y los niños abrieron la boca para aclamarlos, pero la aclamación no llegó a salir. De repente, el aire se llenó del chasquido de las cuerdas de los arcos y del siseo de las flechas. Eran los enanos que disparaban y —por un momento Jill no pudo creer lo que veían sus ojos— disparaban a los animales. Los enanos son arqueros mortíferos, y los animales cayeron uno tras otro. Ni una de aquellas nobles bestias consiguió llegar hasta el rey.

—Pequeños canallas —chilló Eustace, dando saltos de rabia—. Sucias y pequeñas bestias repugnantes y traidoras.

—¿Queréis que vaya tras esos enanos, señor —dijo incluso Perla—, y ensarte a diez de ellos en mi cuerno con cada embestida?

Pero Tirian, con el rostro duro como una piedra, respondió:

—Mantente firme, Perla. Si tienes que llorar, preciosa —eso se lo dijo a Jill—, vuelve la cabeza y ten cuidado de no mojar la cuerda del arco. Y tú, silencio, Eustace. No farfulles como una criada. Ningún guerrero farfulla. Palabras corteses o golpes contundentes son su único lenguaje.

Pero los enanos gritaron burlones a Eustace.

—¡Menuda sorpresa!, ¿eh, muchachito? Pensabas que estábamos de vuestro lado, ¿no es cierto? No temas. No queremos caballos parlantes. No queremos que ganéis, igual que tampoco queremos que gane el otro bando. No podéis embaucarnos. Los enanos son para los enanos.

Rishda Tarkaan seguía hablando con sus hombres, sin duda efectuando preparativos para el siguiente ataque y probablemente deseando haber enviado a todos sus efectivos en el primero. Entonces, con gran horror por su parte, Tirian y sus amigos oyeron, mucho más apagada, como si estuviera muy lejos, la respuesta de un tambor. Otro destacamento de calormenos había oído la señal de Rishda y acudía en su apoyo. Nadie habría podido saber por el rostro de Tirian que éste había abandonado ya toda esperanza.

—Escuchad —murmuró como si tal cosa—, debemos atacar ahora, antes de que esos bellacos de ahí se vean reforzados por sus amigos.

—Se me ocurre, señor —dijo Poggin—, que aquí tenemos la fuerte pared de madera del establo a nuestras espaldas. Si avanzamos, ¿no quedaremos rodeados y con espadas apuntando entre nuestros omoplatos?

—Diría lo mismo que tú, enano —respondió el monarca—, si no fuera porque sus planes son obligarnos a entrar en el establo. Cuanto más lejos estemos de su mortífera puerta, mejor.

—El rey tiene razón —dijo Sagaz—. Mantengámonos lejos de este establo maldito, y del trasgo que habita en su interior, cueste lo que cueste.

—Sí, hagámoslo —asintió Eustace—. ¡Sólo de verlo ya siento repulsión!

—Bien —dijo Tirian—. Ahora mirad allá, a nuestra izquierda. Veréis una roca grande que brilla blanca como el mármol a la luz de las llamas. Primero caeremos sobre esos calormenos. Muchacha, colócate a nuestra izquierda y dispara tan rápido como puedas contra sus filas; y tú, águila, vuela contra sus rostros desde la derecha. Entretanto, los demás cargaremos contra ellos. Cuando estemos tan cerca, Jill, que ya no puedas disparar por temor a herirnos, ve hasta la roca blanca y aguarda. Los demás, mantened los oídos aguzados durante el combate. Debemos hacerlos huir en unos pocos minutos o dejarlo así, pues somos menos que ellos. En cuanto grite «Atrás», corred a reuniros con Jill en la roca blanca, donde tendremos protección a nuestra espalda y podremos respirar un poco. Ahora, en marcha, Jill.

Sintiéndose terriblemente sola, la niña salió corriendo unos seis metros, echó la pierna derecha atrás y la izquierda al frente, y colocó una flecha en el arco. Deseó que sus manos no temblaran tanto.

¡Vaya disparo tan desafortunado! —exclamó mientras su primera flecha corría hacia los enemigos y volaba por encima de sus cabezas.

Sin embargo, al cabo de un instante ya tenía otra flecha colocada: sabía que la velocidad era lo

que importaba. Vio algo grande y negro que caía a toda velocidad sobre los rostros de los calormenos. Era Sagaz. Primero un hombre, y luego otro, soltaron la espada y alzaron las manos para defender sus ojos. Después una de sus propias flechas acertó a un soldado, y otra se clavó en un lobo narniano, que, al parecer, se había unido al enemigo.

Pero llevaba tan sólo unos segundos disparando cuando tuvo que parar. Con un centelleo de espadas, colmillos de jabalí y el cuerno del unicornio, además de los sonoros ladridos de los perros, Tirian y su grupo se abalanzaban sobre el enemigo, como si corrieran los cien metros lisos. Jill se asombró al comprobar lo poco preparados que parecían estar los calormenos. No comprendió que era el resultado de su trabajo y el del águila. Pocas tropas pueden seguir mirando al frente cuando les disparan flechas al rostro desde un lado y un águila los picotea desde el otro.

—Bien hecho. ¡Bien hecho! —gritó Jill.

El grupo del rey se abría paso entre el enemigo. El unicornio lanzaba hombres por los aires igual que se lanzaría heno con una horca. A Jill —quien al fin y al cabo no sabía gran cosa sobre esgrima— le pareció que incluso Eustace combatía con brillantez. Los perros saltaban sin cesar a la garganta del adversario. ¡Iba a salir bien! Vencerían por fin...

Con un horrible y gélido sobresalto, la niña advirtió un hecho muy curioso. A pesar de que los calormenos caían bajo cada mandoble, no había forma de que su número pareciera reducirse. De hecho, en realidad había más en aquellos momentos que al inicio del combate. Eran más numerosos con cada segundo que pasaba. Aparecían por todos los lados. Eran otros soldados y llevaban lanzas. Había tal multitud que apenas conseguía distinguir a sus compañeros.

Entonces oyó la voz de Tirian que gritaba:

—¡Atrás! ¡A la roca!

El enemigo se había visto reforzado. El tambor había cumplido su cometido.

CAPÍTULO 12

A través de la puerta del establo

Jill tendría que haber estado ya en la roca blanca, pero había olvidado por completo aquella parte de sus órdenes en medio de la emoción de contemplar la batalla. Lo recordó entonces, y giró al momento, corrió y llegó apenas un segundo antes que los demás. Así pues sucedió que, por un instante, todos tuvieron la espalda vuelta hacia el enemigo, aunque giraron en redondo en cuanto alcanzaron el lugar. Una vez allí, sus ojos contemplaron algo terrible.

Un calormeno corría hacia la puerta del establo transportando algo que daba patadas y forcejeaba. Cuando pasó entre ellos y el fuego, pudieron ver con claridad tanto la figura del soldado como la de lo que transportaba. Era Eustace.

Tirian y el unicornio salieron corriendo al rescate; pero el soldado estaba ya mucho más cerca de la puerta que ellos y antes de que hubieran recorrido la mitad de la distancia había arrojado al niño al interior y cerrado la puerta tras él. Media docena de calormenos más habían corrido detrás de él para formar una hilera ante la zona despejada situada frente al edificio. Ya no había forma de llegar a él.

Incluso entonces, Jill recordó que debía mantener el rostro ladeado, lejos del arco.

—Aunque no pueda dejar de llorar, no pienso mojar la cuerda —dijo.

—Cuidado, flechas —advirtió Poggin de repente.

Todos se agacharon y se hundieron los cascos hasta la nariz. Los perros se acurrucaron detrás. Pero aunque unas pocas flechas cayeron por donde ellos estaban, no tardó en quedar claro que no era a ellos a quienes disparaban. Griffle y sus enanos volvían a usar sus arcos, y en aquella ocasión disparaban con total sangre fría contra los calormenos.

—¡Seguid, muchachos! —les llegó la voz de Griffle—. Todos juntos. Con cuidado. No queremos a los morenitos, igual que tampoco queremos monos, leones ni reyes. Los enanos son para los enanos.

Se diga lo que se diga sobre los enanos, lo que nadie puede decir es que no son valientes. Podrían muy bien haber huido a un lugar seguro, pero prefirieron quedarse y matar a tantos miembros de ambos bandos como pudieran, salvo en los momentos en que los bandos eran tan amables de ahorrarles la molestia matándose unos a otros. Querían que Narnia fuera para ellos.

Lo que tal vez no habían tenido en cuenta era que los calormenos llevaban cotas de malla y los caballos que habían atacado antes carecían de protección. Además, los calormenos tenían un jefe. La voz de Rishda Tarkaan gritó:

—Que treinta de vosotros vigilen a esos idiotas de la roca blanca. El resto, venid conmigo, les daremos una lección a estos hijos de la Tierra.

Tirian y sus amigos, jadeantes aún tras la pelea y agradecidos por tener unos minutos de respiro, se quedaron allí, inmóviles, y observaron mientras el tarkaan conducía a sus hombres contra los enanos. Resultaba una escena de lo más extraña. El fuego había perdido intensidad: la luz que despedía era menor y de un rojo más oscuro. Hasta donde se podía ver, todo el lugar de la reunión estaba en aquel momento desierto, a excepción de los enanos y los calormenos; aunque a aquella luz no se podía distinguir gran cosa de lo que sucedía. Por los ruidos parecía que los enanos se defendían con energía. Tirian oía a Griffle utilizando un lenguaje espantoso y, de vez en cuando, al tarkaan que gritaba:

—¡Coged a todos los que podáis con vida! ¡Cogedlos vivos!

Fuera como fuese el combate, no duró demasiado. El fragor de la pelea se apagó. Jill vio que el tarkaan regresaba al establo, seguido por once hombres que arrastraban a once enanos maniatados. (Si los otros habían muerto o si algunos habían podido huir, no lo supieron nunca.)

—Arrojadlos al santuario de Tash —ordenó Rishda Tarkaan.

Y después de que hubieran tirado o lanzado de una patada a los once enanos, uno a uno, al oscuro umbral y cerrado la puerta de nuevo, hizo una profunda reverencia ante el establo y dijo:

—Éstos también serán quemados en vuestro sacrificio, lord Tash.

Y todos los soldados golpearon sus escudos con la hoja de las espadas y gritaron:

—¡Tash! ¡Tash! ¡El gran dios Tash! ¡Tash el Inexorable!

Ahora ya no se mencionaba aquella tontería sobre el supuesto «Tashlan».

El reducido grupo situado junto a la roca blanca contempló tales actividades y todos intercambiaron cuchicheos. Habían localizado un hilillo de agua que descendía por la piedra y todos habían bebido con avidez; Jill, Poggin y el rey con las manos, mientras los miembros de cuatro patas bebían a lengüetazos del pequeño charco, que se había formado al pie de la piedra. Tenían tal sed que les pareció la bebida más deliciosa que habían tomado nunca, y mientras bebían se sintieron del todo felices y fueron incapaces de pensar en otra cosa.

—Tengo el presentimiento —declaró Poggin— de que todos, uno a uno, atravesaremos esa oscura entrada antes de que sea de día, y se me ocurren un centenar de muertes que preferiría a esa.

—Desde luego es una puerta lúgubre —dijo Tirian—. Más bien recuerda unas fauces.

—¿No podemos hacer nada para detener esto? —inquirió Jill con voz temblorosa.

—No, dulce amiga —respondió Perla, dándole suaves golpecitos con el hocico—. Puede que para nosotros sea la puerta al país de Aslan, y que cenemos en su mesa esta noche.

Rishda Tarkaan dio la espalda al establo y avanzó despacio hasta un lugar situado frente a la roca blanca.

—Oíd —dijo—, si el jabalí, los perros y el unicornio vienen aquí y se entregan a mi clemencia, se les perdonará la vida. El jabalí irá a una jaula del jardín del Tisroc; los perros, a las perreras del Tisroc, y el unicornio, una vez que le haya serrado el cuerno, tirará de una carreta. Pero el águila, los niños y aquel que fue rey serán ofrecidos a Tash esta noche.

La única respuesta que recibió fueron gruñidos.

—Adelante, guerreros —indicó el tarkaan—. Matad a las bestias, pero coged a las criaturas de dos patas con vida.

Y entonces se inició la última batalla del último rey de Narnia.

Lo que la convertía en algo desesperado, sin tener en cuenta el gran número de enemigos, eran las lanzas. Los calormenos que habían estado con el mono casi desde el principio no habían dispuesto de lanzas, y eso se debía a que habían entrado en Narnia de uno en uno o de dos en dos, fingiendo ser comerciantes pacíficos, y desde luego no habían llevado lanzas porque ésa no es un arma que se pueda ocultar. Los más nuevos debían de haber llegado más tarde, una vez que el mono tenía poder y podían avanzar abiertamente. Las lanzas lo cambiaban todo. Con una lanza larga se puede matar a un jabalí sin ponerse al alcance de sus colmillos y a un unicornio antes de que éste te hiera con el cuerno; si se es rápido y se mantiene la sangre fría. Y ahora las lanzas en posición horizontal se acercaban a Tirian y a sus últimos amigos. Dentro de un minuto pelearían a muerte.

En cierto modo no era tan terrible como se podría pensar. Cuando se utilizan todos los músculos al máximo —agachándose ante una punta de lanza aquí, saltando sobre ella allí, abalanzándose al frente, retirándose, girando en redondo—, no queda mucho tiempo para sentir ni miedo ni tristeza.

Tirian sabía que no podía hacer nada por sus compañeros; todos estaban condenados. Vagamente, vio caer al jabalí a uno de sus lados, y a Perla, que combatía con furia al otro. Por el rabillo del ojo vio, pero sólo vio, a un calormeno enorme que arrastraba a Jill por los cabellos hacía alguna parte. Sin embargo, apenas dedicó un pensamiento a todo ello. Su única idea en aquel momento era vender su vida tan cara como le fuera posible. Lo peor era que no podía mantener la posición en la que había empezado, bajo la roca blanca. Un hombre que pelea contra una docena de enemigos a la vez debe aprovechar todas las oportunidades que se le presenten; tiene que lanzarse al frente cada vez que ve el pecho o el cuello desprotegidos de un adversario. En unos pocos mandobles eso lo condujo a bastante distancia del punto de partida, y Tirian no tardó en descubrir que cada vez se movía más hacia la derecha, acercándose al establo. Tenía una vaga idea de que existía un buen motivo para mantenerse apartado de él; pero no conseguía recordarla. Y de todos modos, no podía evitarlo.

De repente todo resultó muy claro. Descubrió que combatía con el tarkaan en persona. La hoguera —lo que quedaba de ella— se hallaba justo al frente. En realidad peleaba ante el umbral mismo del establo, ya que dos calormenos habían abierto la puerta y la sostenían así, listos para cerrarla de golpe en cuanto él estuviera dentro. Lo recordó todo entonces, y comprendió que el enemigo lo había estado conduciendo hacia allí a propósito desde que se inició allí. Mientras pensaba aquello seguía peleando contra el tarkaan con todas sus energías.

Una idea nueva pasó entonces por la mente de Tirian, que, soltando la espada, se arrojó al frente, esquivó un mandoble de la cimitarra del tarkaan, agarró a su enemigo por el cinturón con ambas manos y saltó al interior del establo, gritando:

—¡Entra y ven a conocer a Tash por ti mismo!

Dentro se oyó un ruido ensordecedor. Igual que cuando habían arrojado al mono a su interior, la tierra se estremeció y brilló un fogonazo cegador.

—¡Tash, Tash! —gritaron los calormenos del exterior y cerraron de un portazo.

Si Tash quería a su capitán, debía tenerlo. Ellos, en cualquier caso, no estaban interesados en encontrarse con el dios.

Durante un momento o dos Tirian no supo dónde estaba ni quién era. Luego se tranquilizó, parpadeó y miró a su alrededor. En el interior del establo no estaba oscuro, como había esperado. Al contrario, se hallaba bajo una luz potente, que lo hacía pestañear.

Se dio la vuelta para mirar a Rishda Tarkaan, pero éste no lo miraba. El calormeno lanzó un gran gemido y señaló con el dedo; luego se cubrió el rostro con las manos y se dejó caer al suelo, boca abajo, cuan largo era. Tirian miró en la dirección que el tarkaan había indicado y comprendió.

Una figura espantosa se dirigía hacia ellos. Era mucho más pequeña que la forma que habían visto desde la torre, aunque seguía siendo mucho mayor que un hombre, y su aspecto era el mismo. Tenía cabeza de buitre y cuatro brazos. El pico estaba abierto y sus ojos llameaban. Una voz ronca surgió del pico.

—Tú me has llamado a Narnia, Rishda Tarkaan. Aquí estoy. ¿Qué tienes que decir?

Pero el tarkaan no alzó el rostro del suelo ni pronunció una sola palabra. Temblaba como quien tiene un violento ataque de hipo. Era muy valiente en combate, pero la mitad de su valor lo había abandonado a primera hora de la noche, cuando había empezado a sospechar que podía existir un auténtico Tash. El resto lo acababa de abandonar en aquel momento.

Con un repentino tirón —como una gallina inclinándose para coger un gusano— Tash saltó sobre el miserable Rishda y se lo metió bajo el brazo superior derecho. A continuación volvió la cabeza de lado para contemplar fijamente a Tirian con uno de sus terribles ojos: pues, como es natural, al tener cabeza de ave, no podía mirarlo de frente.

Pero inmediatamente, detrás de Tash, una voz, potente y tranquila como el mar en verano, dijo:

—Fuera de aquí, monstruo, y llévate a tu presa legítima a tu propio reino: en nombre de Aslan y del abuelo de Aslan, el Emperador de Allende los Mares.

La horrenda criatura desapareció, con el tarkaan todavía bajo el brazo, y Tirian se volvió para ver quién había hablado. Lo que vio hizo que su corazón latiera como no había latido jamás en ninguna pelea.

Siete reyes y reinas se encontraban ante él, todos con coronas en la cabeza y ataviados con ropajes centelleantes. Al mismo tiempo, los reyes lucían magníficas cotas de malla y empuñaban espadas.

Tirian les dedicó una cortés reverencia e iba a decir algo cuando la más joven de las reinas se echó a reír. El monarca contempló con fijeza aquel rostro, y a continuación profirió una exclamación de sorpresa, pues conocía a la muchacha. Era Jill: pero no Jill tal como la había visto la última vez, con el rostro sucio de polvo y lágrimas y un viejo vestido de sarga medio resbalando de un hombro. En aquellos momentos tenía un aspecto fresco y resplandeciente, tan resplandeciente como si acabara de darse un buen baño; al principio pensó que parecía mayor, pero luego ya no, y no consiguió decidirse ni por lo uno ni por lo otro. Luego vio que el rey más joven era Eustace, pero también él aparecía cambiado, igual que Jill.

Tirian se sintió repentinamente incómodo por estar ante aquellas personas con la sangre, el polvo y el sudor de la batalla pegado aún a él, pero al cabo de un instante se dio cuenta de que no se sentía incómodo, ¡qué va! Estaba fresco, resplandeciente y limpio, y vestido con prendas como las que habría lucido en un gran banquete en Cair Paravel. (Pero en Narnia la ropa elegante no es jamás incómoda, pues saben cómo hacerla para

sentirse bien vistiéndola, además de ser bonita: no existían allí cosas como el almidón, la franela o las ligas.)

—Señor —dijo Jill, avanzando a la vez que le dedicaba una elegante reverencia—, dejad que os presente a Peter, el Sumo Monarca de todos los reyes de Narnia.

Tirian no necesitó preguntar quién era el Sumo Monarca, pues recordaba su rostro, por un sueño —aunque allí resultaba más noble—. Se adelantó, hincó una rodilla en tierra y besó la mano de Peter.

—Se os saluda, Sumo Monarca —dijo—. Os doy la bienvenida.

Y el Sumo Monarca hizo que se incorporara y lo besó en ambas mejillas, como debe hacer un Sumo Monarca. Luego lo acompañó hasta la reina de más edad —pero ni siquiera ésta era muy mayor, y no tenía canas en el pelo ni arrugas en las mejillas— y dijo:

—Señor, ella es lady Polly, que vino a Narnia el Primer Día, cuando Aslan hizo crecer los árboles y hablar a las bestias.

A continuación lo acompañó hasta un hombre cuya barba dorada le caía sobre el pecho y cuyo rostro estaba lleno de sabiduría.

—Y él —siguió—, lord Digory, que estaba con ella ese día. Y él es mi hermano, el rey Edmund, y ella, mi hermana, la reina Lucy.

—Señor —dijo Tirian, cuando los hubo saludado a todos—, si he leído bien las crónicas, debería haber otra persona. ¿No tiene dos hermanas su majestad? ¿Dónde está la reina Susan?

—Mi hermana Susan —respondió Peter cortante y en tono severo—, ya no es amiga de Narnia.

—Sí —añadió Eustace—, y cada vez que has intentado conseguir que viniera y hablara de Narnia o hiciera algo referente a Narnia, se limita decir: «¡Qué memoria tan asombrosa tienes! Mira que pensar todavía en todos aquellos juegos divertidos a los que jugábamos cuando éramos niños...».

—¡Susan! —intervino Jill—. Ahora sólo le interesan las cosas relacionadas con medias, lápices de labios e invitaciones. Siempre deseaba ser adulta.

—¡Conque adulta! —dijo lady Polly—. Ojalá madurara de verdad. Malgastó todos sus años en la escuela deseando llegar a la edad que tiene ahora, y desperdiciará el resto de su vida intentando mantenerse en esa edad. Su idea es precipitarse a la época más tonta de la vida de uno lo más rápido posible y luego quedarse allí tanto tiempo como pueda.

—Bueno, no hablemos de eso ahora —indicó Peter—. ¡Mirad! Aquí tenemos unos deliciosos árboles frutales. Probémoslos.

Y entonces, por vez primera, Tirian miró a su alrededor y se dio cuenta de lo sumamente extraña que era aquella aventura.

CAPÍTULO 13

Cómo los enanos rehusaron

dejarse embaucar

Tirian había pensado —o lo habría pensado de haber tenido tiempo para pensar— que se encontraban en el interior de un pequeño establo con el techo de paja, de unos tres metros y medio de largo y un metro ochenta de ancho. En realidad estaban de pie sobre hierba, con un cielo de un azul profundo sobre sus cabezas, y el aire que soplaba dulcemente sobre sus rostros era el propio de un día de principios de verano.

No muy lejos de ellos se alzaba un bosquecillo de hojas tupidas, pero bajo cada hoja atisbaba el color dorado, amarillo pálido, púrpura o rojo reluciente de unas frutas que nadie ha visto jamás en nuestro mundo. La fruta hizo que Tirian tuviera la impresión de que debía de ser otoño, pero había algo en el aire que le indicaba que no podía ser más allá de junio. Todos se encaminaron hacia los árboles.

Cada uno alzó la mano para coger la fruta cuyo aspecto le resultara más atrayente, y luego todos se detuvieron durante un segundo. La fruta era tan hermosa que todos pensaban: «No puede ser para mí... Seguro que no tenemos permiso para cogerla».

—No hay ningún problema —dijo Peter—. Sé lo que todos estamos pensando. Pero estoy seguro, convencido, de que no hay de qué preocuparse. Tengo la impresión de que hemos ido a parar al país donde todo está permitido.

—¡Pues, ahí va! —declaró Eustace; y todos empezaron a comer.

¿A qué sabía la fruta? Por desgracia nadie puede describir un sabor. Todo lo que puedo decir es que, comparada con aquellas frutas, el pomelo más tierno que hayas comido nunca y la naranja más jugosa resultaban resecos, la pera más madura era dura y leñosa, y el fresón más dulce, amargo. Y no había ni semillas, ni huesos, ni avispas. Si se comía aquella fruta una sola vez, todas las cosas más deliciosas de nuestro mundo sabrían a jarabe a partir de entonces. Pero no puedo describirlo. No se puede saber cómo es a menos que se consiga llegar a ese país y probarla por uno mismo.

Después de comer suficiente, Eustace le dijo al rey Peter.

—Todavía no nos habéis contado cómo llegasteis aquí. Estabais a punto de explicarlo, cuando apareció Tirian.

—No hay mucho que contar. Edmund y yo estábamos en el andén y vimos que llegaba vuestro tren. Recuerdo que pensé que cogía la curva demasiado rápido. Y también recuerdo haber pensado que era gracioso que nuestra familia probablemente se hallaba en el mismo tren, aunque Lucy no lo sabía...

—¿Vuestra familia, Sumo Monarca? —inquirió Tirian.

—Quiero decir mi padre y mi madre..., los padres de Edmund, Lucy y míos.

—¿Por qué estaban allí? —quiso saber Jill—. ¿No querréis decir que saben lo de Narnia?

—No, no tenía nada que ver con Narnia. Iban de camino a Bristol. Me enteré de que iban a ir aquella mañana, y Edmund dijo que seguro que iban en el mismo tren.

(Edmund era la clase de persona que sabe mucho sobre ferrocarriles.)

—Y ¿qué sucedió entonces? —preguntó Jill.

—Bueno, no es fácil de describir, ¿no es cierto, Edmund? —respondió el Sumo Monarca.

—Lo cierto es que no —repuso su hermano—. No se pareció en nada a la otra vez que la magia nos sacó de nuestro mundo. Se oyó un estruendo horroroso y algo me golpeó con un estallido, pero no me hizo daño. Y no me sentí tan asustado como... digamos, emocionado. Ah... y hay una cosa curiosa. Tenía una rodilla dolorida, por una patada recibida jugando a rugby, y me di cuenta de que el dolor había desaparecido de improviso. Y me sentí muy liviano. Y luego... aparecimos aquí.

—A nosotros nos sucedió algo muy parecido en el vagón de tren —dijo lord Digory, limpiando los últimos restos de fruta de su barba dorada—. Sólo que creo que tú y yo, Polly, sentimos principalmente que nos habían desentumecido. Vosotros, jovencitos, no lo entenderéis. Pero dejamos de sentirnos viejos.

—¡Jovencitos, sí ya! —exclamó Jill—. No creo que vos seáis mucho mayor que nosotros. ¡Y lady Polly! tampoco.

—Bueno, pues si no lo somos, lo hemos sido —respondió lady Polly.

—Y ¿qué ha sucedido desde que llegasteis aquí? —preguntó Eustace.

—Bien —dijo Peter—, durante mucho tiempo, al menos supongo que fue mucho tiempo, no sucedió nada. Luego la puerta se abrió...

—¿La puerta? —inquirió Tirian.

—Sí —respondió él—, la puerta por la que entrasteis... o salisteis... ¿Lo habéis olvidado?

—Pero ¿dónde está?

—Mirad —indicó Peter, y señaló con el dedo.

Tirian miró y vio la cosa más extraña y ridícula que uno pueda imaginarse. Tan sólo a unos pocos metros de distancia, bien nítida bajo la luz del sol, se alzaba una tosca puerta de madera y, a su alrededor, el marco del portal: nada más, ni paredes, ni techo. Fue hacia ella, perplejo, y los otros lo siguieron, observando para ver qué haría. El monarca la rodeó para colocarse al otro lado; pero la puerta tenía exactamente el mismo aspecto desde allí: seguía estando al aire libre, en una mañana de verano. Sencillamente estaba allí plantada como si hubiera crecido en aquel lugar, igual que un árbol.

—Buen señor —dijo Tirian al Sumo Monarca—, esto es una maravilla.

—Es la puerta por la que pasaste con aquel calormeno hace cinco minutos —repuso Peter, sonriendo.

—Pero ¿acaso no salí del bosque para entrar en el establo? Esta puerta parece conducir de ningún sitio a ninguna parte.

—Eso parece si la rodeas —explicó Peter—.

Pero pon el ojo en aquella rendija entre dos de las tablas y mira por ella.

Tirian acercó el ojo a la abertura. Al principio no pudo ver más que oscuridad. Luego, a medida que sus ojos se acostumbraban a ella, distinguió el apagado resplandor rojo de una hoguera que se apagaba, y por encima de ella, en un cielo negro, estrellas. A continuación vio figuras oscuras que se movían o permanecían inmóviles entre él y el fuego: los oía hablar y sus voces eran como las de los calormenos. Así pues, supo que miraba por la puerta del establo a la oscuridad del Erial del

Faro, donde había librado su última batalla. Los hombres debatían si entrar e ir en busca de Rishda Tarkaan —aunque ninguno quería hacerlo— o quemar el establo.

Volvió a mirar a su alrededor y apenas pudo creer lo que veían sus ojos. En lo alto brillaba el cielo azul y un terreno cubierto de pastos se extendía hasta donde alcanzaba la vista en todas direcciones, y sus nuevos amigos lo rodeaban, riendo.

—Me parece —dijo Tirian, sonriendo también— que el establo visto desde dentro y el establo visto desde fuera son dos lugares distintos.

—Sí —repuso lord Digory—, su interior es mayor que su exterior.

—Sí —indicó la reina Lucy—, también en nuestro mundo, un establo contuvo en una ocasión algo que era mucho más grande que todo nuestro mundo.

Era la primera vez que había hablado, y por la emoción de su voz, Tirian supo entonces el motivo. La muchacha absorbía todo aquello más profundamente que los otros, y se había sentido demasiado feliz como para hablar. Deseó volver a oír su voz, de modo que dijo:

—Si me hacéis la merced, señora, seguid hablando. Contadme toda vuestra aventura.

—Tras el impacto y el ruido —dijo Lucy—, nos encontramos aquí. Y nos sorprendió la presencia de la puerta, igual que a vos. Luego la puerta se abrió por primera vez (vimos oscuridad a través del umbral cuando eso sucedió) y apareció un hombre grande con una espada desenvainada. Por sus armas supimos que era un calormeno.

»Se apostó junto a la puerta con la espada levantada, apoyada en el hombro, listo para abatir a quien entrara. Fuimos hacia él y le hablamos, pero nos pareció que no podía vernos ni oírnos. Y nunca miró a su alrededor, al cielo, la luz del sol o la hierba: creo que tampoco los veía. Luego oímos que descorrían el cerrojo al otro lado de la puerta; sin embargo, el hombre no se preparó para golpear con la espada hasta poder ver quién entraba. Así pues, dedujimos que le habían dicho que abatiera a unos y dejara con vida a otros. Pero en el mismo instante en que la puerta se abría, Tash apareció ahí de improviso, de este lado de la puerta; ninguno de nosotros vio de dónde salía. En ese momento entró un gato enorme. Lanzó una mirada a Tash y salió corriendo como una exhalación: justo a tiempo, porque aquél se abalanzó sobre el felino y la puerta le golpeó el pico al cerrarse. El hombre sí vio a Tash. Palideció y se inclinó ante el monstruo, pero éste desapareció.

»Entonces seguimos aguardando durante mucho rato. Por fin la puerta se abrió por tercera vez y entró un calormeno joven. Me gustó. El centinela de la puerta se sobresaltó, y pareció muy sorprendido al verlo. Creo que esperaba a alguien distinto...

—Ahora lo comprendo todo —intervino Eustace, que tenía la mala costumbre de interrumpir los relatos—. El gato tenía que entrar primero y el centinela tenía órdenes de no hacerle ningún daño. Luego el gato saldría, diría que había visto a su horroroso Tashlan y «fingiría» estar asustado para atemorizar a los otros animales. Pero lo que Triquiñuela jamás imaginó fue que apareciera el auténtico Tash; de modo que Pelirrojo salió realmente asustado. Después de eso, Triquiñuela enviaría a cualquiera de quien deseara deshacerse y el centinela lo eliminaría. Y...

—Amigo mío —dijo Tirian con suavidad—, no interrumpas el relato de la dama.

—Bien, pues —siguió Lucy—, el centinela se sorprendió, y eso dio al otro hombre tiempo suficiente para ponerse en guardia. Lucharon. El joven mató al centinela y lo arrojó por la puerta. Luego se acercó andando despacio hacia nosotros. Podía vernos, y también veía todo lo demás. Intentamos hablar con él pero era como un hombre que está en trance. No hacía más que decir:

«Tash, Tash, ¿dónde está Tash? Voy a Tash». De modo que nos dimos por vencidos y se marchó a alguna parte... por allí. Me cayó bien. Y después de eso... ¡uf! —Lucy hizo una mueca.

—Después de eso —dijo Edmund—, alguien arrojó a un mono por la puerta. Y Tash estaba ahí de nuevo. Mi hermana tiene tan buen corazón que no quiere contarte que Tash le dio un picotazo al mono y ¡desapareció!

—¡Se lo merecía! —declaró Eustace—. De todos modos, espero que le siente mal a Tash...

—Y a continuación —siguió Edmund— entraron una docena de enanos: y luego Jill y Eustace, y por último vos.

—Espero que Tash devorara también a los enanos —observó Eustace—. Pequeños canallas.

—No, no lo hizo —intervino Lucy—. Y no seas tan cruel. Siguen aquí. Allí puedes verlos. He intentado trabar amistad con ellos pero no hay manera.

—¡Trabar «amistad» con ellos! —exclamó Eustace—. ¡Si supieras lo que han estado haciendo esos enanos!

—Para ya, Eustace —rogó Lucy—. Por favor, rey Tirian, habladles, tal vez vos podríais conseguir algo de ellos.

—Me es imposible sentir afecto por los enanos

después de todo lo que ha pasado —dijo éste—. No obstante, a petición vuestra, señora, haría cosas más terribles que ésta.

Lucy fue delante y no tardaron en ver a todos los enanos. Éstos actuaban de forma extraña. No paseaban ni se divertían —a pesar de que las cuerdas con las que los habían atado parecían haber desaparecido— ni estaban acostados y descansando. Permanecían sentados muy apretados entre sí en un círculo, mirándose unos a otros. No volvieron la cabeza ni prestaron atención a los humanos hasta que Lucy y Tirian estuvieron casi lo bastante cerca como para tocarlos. Entonces todos los enanos ladearon la cabeza como si no vieran a nadie pero escucharan con suma atención e intentaran adivinar por el sonido qué sucedía.

—¡Vigila! —gritó uno de ellos con voz hosca—. Cuidado por dónde andas. ¡No nos pises!

—¡Ya! —respondió Eustace, indignado—. No estamos ciegos. Tenemos ojos en la cara.

—Pues tienen que ser endiabladamente buenos si podéis ver aquí dentro —dijo el mismo enano, cuyo nombre era Diggle.

—¿Aquí dentro? —inquirió Eustace.

—Pues claro, estúpido, aquí dentro —replicó Diggle—. En el cuchitril negro como boca de lobo y maloliente que es este establo.

—¿Estáis ciegos? —inquirió Tirian.

—¿No está todo el mundo ciego en la oscuridad? —preguntó a su vez el enano.

—Pero si no está oscuro, pobres enanos estúpidos —dijo Lucy—. ¿No lo veis? ¡Alzad los ojos! ¡Mirad a vuestro alrededor! ¿No veis el cielo, los árboles y las flores? ¿No me veis a mí?

—¿Cómo, en el nombre de todos los farsantes, puedo ver lo que no está aquí?

—Pues yo sí te veo —replicó Lucy—. Te demostraré que así es. Tienes una pipa en la boca.

—Cualquiera que conozca el olor del tabaco puede adivinarlo —contestó él.

—¡Pobres criaturas! Esto es espantoso —dijo ella; entonces tuvo una idea y se detuvo para recoger unas violetas silvestres—. Escucha, enano —prosiguió—, aunque tus ojos no responden, tal vez tu nariz sí lo haga: ¿hueles esto?

Se inclinó al frente y acercó las flores húmedas y recién talladas a la fea nariz de Diggle. Tuvo que apartarse rápidamente de un salto para esquivar un golpe de su pequeño y duro puño.

—Pero ¡qué haces! —gritó él—. ¿Cómo te atreves? ¿Qué es eso de meterme un montón de repugnante porquería del establo en el rostro? Incluso había un cardo. ¡Vaya frescura! Y ¿quién eres tú, vamos a ver?

—Hombre de la Tierra —dijo Tirian—, es la reina Lucy, enviada aquí por Aslan desde el remoto pasado. Y es por ella nada más que yo, Tirian, vuestro legítimo rey, no os corto la cabeza a todos, a pesar de ser unos traidores y unos traidores rematados, además.

—Vaya, ¡esto ya es el colmo! —exclamó Diggle—. ¿Cómo puedes seguir todavía con esos embustes? Tu maravilloso león no vino y te ayudó, ¿verdad? Creo que no. Y ahora, incluso ahora, cuando te han derrotado y arrojado a este agujero negro, igual que al resto de nosotros, sigues todavía dando la lata. ¡Sigues contando mentiras! Intentas hacernos creer que ninguno de nosotros está encerrado, que esto no está oscuro y quién sabe qué más.

—No hay ningún agujero oscuro, excepto en vuestra propia imaginación, tonto —gritó Tirian—. ¡Espabilad!

E, inclinándose al frente, agarró a Diggle por el cinturón y la capucha y lo sacó del círculo de enanos. Sin embargo, en cuanto Tirian lo dejó en el suelo, el enano corrió de vuelta a su puesto entre los otros, frotándose la nariz mientras aullaba.

—¡Ay! ¡Ay! ¿Por qué has hecho eso? ¿Por qué me has golpeado el rostro contra la pared? Casi me rompes la nariz.

—¡Cielos! —exclamó Lucy—. ¿Qué podemos hacer por ellos?

—Dejarlos en paz —declaró Eustace.

Pero mientras hablaba, la tierra se estremeció. La fresca atmósfera se tornó repentinamente más fresca y un resplandor centelleó detrás de ellos. Todos se volvieron. Tirian fue el último en hacerlo porque estaba asustado. Allí estaba lo que más había deseado ver en toda su vida, enorme y real, el león dorado, Aslan en persona, y sus compañeros se arrodillaban ya en círculo alrededor de sus patas delanteras y enterraban manos y rostros en su melena mientras él inclinaba la gran cabeza para acariciarlos con la lengua. Luego fijó los ojos en Tirian, y éste se acercó, temblando, y se arrojó a los pies del león, quien lo besó y dijo:

—Bien hecho, último de los reyes de Narnia que se mantuvo firme en su hora más sombría.

—Aslan —dijo Lucy sin dejar de llorar—, ¿podrías... querrías... hacer algo por estos pobres enanos?

—Querida mía —respondió él—, te mostraré lo que puedo y lo que no puedo hacer.

Se aproximó a los enanos y profirió un gruñido sordo: bajo, pero que hizo que el aire se estremeciera. Sin embargo, los enanos se dijeron unos a otros:

—¿Oís eso? Es la pandilla del otro lado del establo, que intenta asustarnos. Lo hace con alguna máquina. No hagáis caso. ¡No nos volverán a embaucar!

Aslan alzó la cabeza y sacudió la melena. Al instante apareció un banquete soberbio sobre las rodillas de los enanos: empanadas, lengua, bizcochos y helados, y cada enano tenía una copa de buen vino en la mano derecha. Pero no sirvió de

gran cosa. Empezaron a comer y a beber con gran glotonería, pero estaba claro que no lo saboreaban como era debido, pues pensaban que comían y bebían sólo las cosas que se podrían encontrar en un establo. Uno dijo que intentaba comer heno; otro, que había conseguido un pedazo de nabo reseco, y un tercero, que había encontrado una hoja de col cruda. Y se llevaron las copas doradas llenas de magnífico vino tinto a los labios y dijeron:

—¡Uf! ¡Mira que tener que beber agua sucia de un abrevadero en el que ha bebido un asno! Jamás pensé que llegaríamos a esto.

No obstante, muy pronto todos los enanos empezaron a sospechar que los demás habían encontrado algo mejor que ellos y comenzaron a quitarse las cosas unos a otros con malos modos, y de ahí pasaron a pelear, hasta que en cuestión de minutos ya se había organizado una batalla campal y toda la suculenta comida fue a parar a sus rostros y ropajes o bajo sus pies.

Cuando por fin se sentaron en el suelo para ocuparse de sus ojos morados y narices sangrantes, todos dijeron:

—Bueno, al menos no nos han engañado. No hemos dejado que nadie nos tome el pelo. Los enanos son para los enanos.

—Ya lo veis —indicó Aslan—. No dejarán que

los ayudemos. Han elegido la malicia en lugar de la fe. Su prisión sólo existe en sus mentes, y sin embargo se encuentran dentro de esa prisión; y tienen tanto miedo de que los engañen, que no hay forma de sacarlos de ahí. Pero venid, niños. Tengo otra tarea pendiente.

Fue hacia la puerta y todos lo siguieron. Una vez allí, alzó la cabeza y rugió: «¡Es la hora!». Luego con más fuerza aún: «¡Tiempo!». A continuación con tal potencia que podría haber estremecido las estrellas: «TIEMPO». Y la puerta se abrió de par en par.

CAPÍTULO 14

La noche cae sobre Narnia

Todos permanecieron inmóviles junto a Aslan, a su derecha, y miraron a través del umbral abierto.

La hoguera se apagó. En la tierra todo era oscuridad: en realidad, no habría podido saberse que se contemplaba un bosque de no haber visto dónde finalizaban las formas oscuras de los árboles y empezaban las estrellas. Pero después de que Aslan rugiera una vez más, los niños contemplaron a su izquierda otra forma oscura. Es decir, vieron otra zona en la que no había estrellas: y la forma se alzó cada vez más alta y se convirtió en la figura de un hombre, en el más enorme de todos los gigantes. Todos conocían Narnia lo bastante bien como para adivinar dónde debía de estar el hombre. Sin duda se encontraba en los páramos altos que se extienden hacia el norte, más allá del río Shribble.

Entonces Jill y Eustace recordaron que en una

ocasión, tiempo atrás, en las profundas cavernas situadas bajo aquellos páramos, habían visto a un gigante enorme que dormía y les habían dicho que su nombre era Padre Tiempo, y que despertaría el día en que el mundo tocara a su fin.

—Sí —dijo Aslan, aunque ellos no habían dicho nada en voz alta—; mientras dormía, su nombre era Tiempo. Ahora que está despierto tendrá otro nombre.

Entonces, el enorme gigante se llevó un cuerno a la boca. Lo advirtieron por el cambio que tuvo lugar en la negra figura al recortarse contra las estrellas. Tras aquello —bastante más tarde, pues el sonido viaja muy despacio— oyeron la llamada del cuerno: aguda y terrible, pero también de una belleza extraña y letal.

Inmediatamente el cielo se llenó de estrellas fugaces. Incluso una sola estrella fugaz es algo precioso de contemplar, pero aquéllas eran docenas, y luego cientos, hasta que se convirtió en algo parecido a una lluvia de plata: y caía ininterrumpidamente. Después de que siguiera así durante un buen rato, uno o dos de ellos empezaron a pensar que había otra forma oscura recortándose contra el cielo además de la del gigante. Se encontraba en un lugar distinto, justo en lo alto, encima del «tejado» mismo del cielo.

«A lo mejor es una nube», pensó Eustace. En cualquier caso, allí no había estrellas: únicamente oscuridad. A su alrededor, el aguacero de estrellas siguió, y el pedazo sin estrellas empezó a crecer, extendiéndose cada vez más desde el centro del cielo. Y al poco tiempo una cuarta parte de éste estaba negra, y luego la mitad, y por fin la lluvia de estrellas fugaces ya sólo proseguía muy abajo, cerca de la línea del horizonte.

Con un escalofrío de asombro (y también algo de terror) todos comprendieron de repente qué sucedía. La oscuridad creciente no era una nube: era simplemente el vacío. La parte negra del cielo era donde no quedaban estrellas; todas ellas caídas, pues Aslan las había llamado de vuelta a casa.

Los segundos que precedieron al final de la lluvia de estrellas fueron muy emocionantes, ya que las estrellas empezaron a caer alrededor de ellos. Pero en aquel mundo, no son las enormes bolas de fuego que son en el nuestro. Son como personas, y Edmund y Lucy habían conocido a una en una ocasión. De modo que se encontraron con un aguacero de personas resplandecientes, todas con largas melenas que parecían plata ardiente y lanzas como metal al rojo vivo, que se precipitaban hacia ellos desde el negro aire, más veloces que un desprendimiento de rocas. Emitían un siseo al ate-

rrizar y quemar la hierba. Y todas pasaron des-
lizándose junto a ellos y fueron a ubicarse más
atrás, un poco a la derecha.

Aquello fue una gran ventaja porque, de lo contrario, al no haber ya estrellas en el firmamento,
todo habría quedado totalmente a oscuras y no
habrían visto nada. Pero lo cierto era que la multitud de estrellas situada tras ellos proyectaba una
intensa luz blanca por encima de sus hombros, y
pudieron contemplar kilómetros y kilómetros de
bosques narnianos ante sí, que parecían ilumina-
dos por focos. Cada matorral y casi cada hierba
tenía su negra sombra tras ella. El reborde de
cada hoja destacaba con tal nitidez que daba la
impresión de poder cortar un dedo con su filo.

En la hierba, ante ellos, yacían sus propias sombras. Pero lo más espléndido era la sombra de
Aslan, que se alargaba a su izquierda, enorme y
terrible. Y todo aquello sucedía bajo un cielo que
se iba a quedar sin estrellas para siempre.

La luz que procedía de detrás de ellos (y un
poco a su derecha) era tan fuerte que iluminaba
incluso las laderas de los páramos del Norte. Algo
se movía allí. Animales enormes se arrastraban y
deslizaban hacia Narnia: grandes dragones, lagartos gigantes y aves sin plumas con alas parecidas a las de los murciélagos. Aquellas criaturas

desaparecieron en el interior de los bosques, y durante unos pocos minutos reinó el silencio.

Luego llegaron —al principio desde muy lejos— sonidos de llantos y, a continuación, de todas direcciones, crujidos, tamborileos y batir de alas. Cada vez se oían más cerca. Pronto nadie fue capaz de distinguir el correteo de pies menudos del sonido de garras enormes al avanzar, ni el *clac-clac* de cascos pequeños del tronar de los cascos grandes. Y a continuación pudo verse el resplandor de miles de pares de ojos. Y por fin, surgiendo de las sombras de los árboles, corriendo colina arriba como una exhalación, aparecieron miles, millones, de criaturas; bestias parlantes, enanos, sátiros, faunos, gigantes, calormenos, hombres procedentes de Archenland, monopodos y extraños seres sobrenaturales procedentes de islas remotas o de tierras occidentales desconocidas. Y todos ellos corrieron hasta el umbral donde estaba Aslan.

Aquella parte de la aventura fue la única que pareció como un sueño en su momento y resultó bastante difícil de recordar debidamente después. En especial, era imposible saber cuánto tiempo duró. En ocasiones parecía haber durado sólo unos minutos, en otras daba la sensación de que se hubiera desarrollado a lo largo de años. Evidentemente, a menos que la puerta se hubiera ensanchado de forma imposible o las criaturas hubieran encogido repentinamente hasta el tamaño de un mosquito, una multitud como aquella jamás habría podido cruzar por allí. Pero nadie pensaba en esas cosas en aquellos momentos.

Las criaturas seguían llegando como una marea, con los ojos cada vez más brillantes a medida que se acercaban a las estrellas allí posadas. Y a medida que llegaban ante Aslan, les sucedía una de dos cosas. Todas lo miraban directamente a la cara, no creo que tuvieran elección; y, al hacerlo, la expresión de sus rostros cambiaba de un modo terrible. Era miedo y odio, excepto que, en los rostros de las bestias parlantes, el miedo y el odio duraban únicamente una fracción de segundo. Se advertía que repentinamente algunas dejaban de ser bestias parlantes y se convertían en animales corrientes. Todas las criaturas que miraban a Aslan de aquel modo se desviaban a la izquierda del león, y desaparecían en el interior de su enorme sombra negra, que, como ya hemos dicho, se perdía a lo lejos a la izquierda del umbral. Los niños jamás volvieron a verlas. No sé qué fue de ellas. Pero las demás contemplaban el rostro de Aslan y lo amaban, aunque algunas se sentían muy asustadas al mismo tiempo. Y quienes lo hacían, entraban por la puerta, a la derecha de Aslan. Entre ellas había algunos especímenes curiosos. Eustace reconoció incluso a uno de los enanos que habían disparado a los caballos; pero no tuvo tiempo de hacerse preguntas respecto a aquello (y, además, no era asunto suyo), ya que una gran dicha apartó

de su mente todo lo demás. Entre las criaturas felices que se amontonaban ya alrededor de Tirian y sus amigos estaban aquellas que había creído muertas. Vieron a Roonwit, el centauro; Perla, el unicornio; el buen oso y el buen jabalí; Sagaz, el águila; los queridos perros y caballos, y Poggin, el enano.

—¡Entrad sin miedo y subid más! —gritó Roonwit y partió hacia el oeste en medio de un galope atronador.

Y si bien no lo comprendieron, las palabras parecieron provocarles un hormigueo por todo el cuerpo. El jabalí les dedicó un gruñido alegre, y el oso estaba a punto de farfullar que seguía sin entender, cuando divisó los árboles frutales situados detrás de los niños. La criatura marchó bamboleante hacia ellos tan de prisa como pudo y allí, sin duda, encontró algo que comprendía a la perfección. No obstante, los perros se quedaron meneando la cola, y Poggin estrechó las manos a todo el mundo con una enorme sonrisa en su rostro de persona honrada. Perla apoyó su nívea cabeza sobre el hombro del rey, y éste le susurró al oído. Luego todos volvieron su atención a lo que se veía por la puerta.

Los dragones y lagartos gigantes eran ahora los dueños de Narnia e iban de un lado a otro arrancando árboles de raíz y aplastándolos como si fueran ramitas de ruibarbo. En cuestión de minutos los bosques desaparecieron. Todo el terreno quedó desnudo y se advertían todos los detalles de su forma —todos los montículos y huecos pequeños— que nunca antes habían estado al descubierto. La hierba se secó. Tirian no tardó en darse cuenta de que contemplaba un mundo de roca pelada y tierra. Parecía imposible que algo hubiera vivido allí antes. Los propios monstruos envejecieron, se acostaron en el suelo y murieron, y su carne se secó y aparecieron los huesos: muy pronto no eran más que esqueletos enormes caídos sobre la roca inerte, igual que si hubieran muerto hacía miles de años. Durante mucho tiempo todo permaneció en silencio.

Por fin algo blanco —una blanca y larga línea horizontal que brillaba bajo la luz de las estrellas que permanecían de pie— avanzó hacia ellos desde el extremo oriental del mundo. Un ruido general rompió el silencio: primero en forma de murmullo, luego de retumbo y después de rugido. Y a continuación pudieron ver qué era lo que se acercaba, y a qué velocidad lo hacía. Se trataba de una espumeante pared de agua. El mar se alzaba, y en aquel mundo sin árboles se lo podía ver con absoluta claridad. Vieron cómo todos los ríos se en-

sanchaban y los lagos crecían, y cómo lagos separados se unían en uno solo, los valles se convertían en nuevos lagos, las colinas se transformaban en islas y luego esas mismas islas desaparecían. Y los páramos altos a su izquierda y las montañas más altas a su derecha se desmoronaban y resbalaban con un rugido y un chapoteo en las aguas cada vez más crecidas; y las aguas fueron a arremolinarse hasta el umbral mismo de la puerta —pero jamás lo traspasaron—, de modo que la espuma chapoteó alrededor de las patas de Aslan. Todo fue entonces una masa líquida, desde donde ellos se encontraban hasta el punto donde el agua se unía con el firmamento.

Y afuera empezó a clarear. El haz de luz de un amanecer deprimente y catastrófico se extendió por el horizonte, y creció y aumentó en intensidad, hasta que apenas advirtieron la luz de las estrellas situadas detrás de ellos. Finalmente salió el sol. Cuando lo hizo, lord Digory y lady Polly intercambiaron una mirada y asintieron levemente; los dos, en un mundo distinto, habían visto en una ocasión un sol moribundo, y por eso supieron entonces que aquel sol también moría. Era tres, o veinte veces mayor de lo que debía ser, y de un color rojo muy oscuro. Cuando sus rayos cayeron sobre el enorme gigante del tiempo, también él se tornó rojo: y bajo el reflejo de aquel sol toda aquella inmensidad de agua sin orillas parecía sangre.

Entonces salió la luna, en una posición totalmente errónea, muy cerca del sol, y también ella aparecía roja. Y al verla, el sol empezó a lanzar llamaradas enormes, como si fueran bigotes o serpientes de fuego carmesí, en dirección a ella; como si fuera un pulpo que intentara atraerla con sus tentáculos. Y tal vez era así, pues ella fue hacia él, despacio al principio, pero luego a mayor velocidad, hasta que por fin sus largas llamas la rodearon y ambos se unieron para convertirse en una esfera inmensa que parecía un tizón encendido. Pedazos enormes de fuego se desprendieron de él y fueron a caer al mar levantando nubes de vapor.

—Acabemos ya —dijo entonces Aslan.

El gigante arrojó el cuerno al mar, y a continuación alargó un brazo —que parecía muy negro y con una longitud de miles de kilómetros— a través del cielo hasta que su mano alcanzó el sol. Entonces lo cogió y lo oprimió en la mano igual que se exprimiría una naranja, y al instante todo quedó a oscuras.

Todos, excepto Aslan, dieron un salto atrás al sentir el aire gélido que sopló entonces a través de la puerta, cuyos bordes estaban ya recubiertos de carámbanos.

—Peter, Sumo Monarca de Narnia —dijo Aslan—. Cierra la puerta.

Peter, tiritando, se inclinó al exterior en la oscuridad y tiró hacia sí de la puerta, que chirrió sobre el hielo al moverse. Luego, con cierta torpeza, pues en aquel instante sus manos habían quedado entumecidas y azuladas por el frío, sacó una llave dorada y la hizo girar en la cerradura.

Habían visto cosas muy extrañas a través de aquella puerta; pero resultaba aún más extraño mirar en torno y encontrarse bajo la cálida luz del sol, con el cielo azul en lo alto, flores a los pies y la risa pintada en los ojos de Aslan.

El león se dio la vuelta rápidamente, se agachó aún más, se azotó con la propia cola y salió disparado al frente como una flecha.

—¡Entrad sin miedo! ¡Subid más! —gritó por encima del hombro.

Pero ¿quién podía mantenerse a su altura yendo a aquella velocidad? Empezaron a andar hacia el oeste, siguiéndolo.

—Bien —anunció Peter—, la noche cae sobre Narnia. ¡Vaya, Lucy! ¿No estarás llorando? ¿Con Aslan ahí delante y todos nosotros aquí?

—No intentes impedírmelo, Peter —respondió ella—. Estoy segura de que Aslan no lo haría. Estoy segura de que no está mal llorar por Narnia. Piensa en todo lo que yace muerto y congelado tras esa puerta.

—Sí, y yo realmente esperaba —dijo Jill— que perdurara para siempre. Sabía que nuestro mundo no era eterno, pero pensaba que Narnia podía serlo.

—Yo vi sus inicios —indicó lord Digory—. No creí que viviera para verla morir.

—Señores —intervino Tirian—, las damas hacen bien en llorar. Mirad, yo también lo hago. He visto morir a mi madre. ¿Qué otro mundo aparte de Narnia he conocido jamás? No sería una virtud, sino una gran descortesía, si no llorásemos.

Se alejaron de la puerta y de los enanos, que seguían juntos en su establo imaginario. Mientras andaban conversaron entre sí sobre pasadas guerras, viejas paces, antiguos reyes y toda la gloria de Narnia.

Los perros seguían a su lado. Se unieron a la conversación, pero no mucho, porque estaban demasiado ocupados corriendo arriba y abajo y precipitándose a olisquear la hierba hasta estornudar. De improviso captaron un rastro que pareció ponerlos muy nerviosos y empezaron a discutir sobre él.

—Sí, lo es.

—No, no lo es.

—Aparta tu enorme hocico de en medio y deja que todos los demás olisqueen.

—¿Qué sucede? —preguntó Peter.

—Un calormeno, señor —respondieron varios perros a la vez.

—Conducidnos a él, entonces —dijo Peter—. Tanto si nos recibe en son de paz como de guerra, le daremos la bienvenida.

Los perros salieron disparados al frente y regresaron al cabo de un momento, corriendo como si sus vidas dependieran de ello, a la vez que lanzaban sonoros ladridos para indicar que realmente se trataba de un calormeno. (Los perros parlantes, igual que los perros corrientes, se comportan como si cualquier cosa que hacen fuera sumamente importante.)

Todos siguieron a los perros y encontraron a un joven calormeno sentado bajo un castaño junto a un arroyo de aguas cristalinas. Era Emeth. El joven se alzó y les dedicó una solemne reverencia.

—Señor —dijo a Peter—, no sé si sois amigo o enemigo, pero consideraría un honor teneros por cualquiera de ambas cosas. ¿No ha dicho uno de los poetas que un amigo noble es el mejor regalo, y que un enemigo noble, el siguiente mejor?

—Señor —respondió Peter—, no pienso que deba haber ninguna disputa entre vos y yo.

—Decidnos quién sois y qué os ha sucedido —pidió Jill.

—Si se va a relatar una historia, bebamos y sentémonos —ladraron los perros—. Estamos sin aliento.

—No me extraña que lo estéis, después de correr de un lado a otro de ese modo —dijo Eustace.

Así pues, los humanos se sentaron sobre la hierba. Y una vez que hubieron bebido ruidosamente en el arroyo, los perros se sentaron también, bien tiesos, jadeantes, con la lengua colgando ligeramente a un lado para escuchar la historia. Perla permaneció de pie, frotándose el cuerno contra el costado.

CAPÍTULO 15

―∽∽―

¡Entrad sin miedo y subid más!

―Debéis saber, monarcas guerreros ―comenzó Emeth―, y vos, damas cuya belleza ilumina el universo, que soy Emeth, el séptimo hijo de Harpha Tarkaan, de la ciudad de Tehishbaan, situada al oeste del desierto, y que llegué no hace mucho a Narnia con veintinueve guerreros bajo el mando de Rishda Tarkaan. Cuando me enteré de que íbamos a marchar sobre Narnia me alegré; pues había oído muchas cosas sobre vuestra tierra y deseaba enormemente enfrentarme a vosotros en combate. Pero cuando averigüé que íbamos a entrar disfrazados de comerciantes, que es un disfraz vergonzoso para un guerrero y un hijo de un tarkaan, y que debíamos actuar mediante mentiras y artimañas, toda la alegría me abandonó. Sobre todo cuando descubrí que teníamos que servir a un mono, y cuando se empezó a decir que

Tash y Aslan eran uno solo. Entonces el mundo se oscureció ante mis ojos. Pues siempre, desde que era un muchacho, he servido a Tash y mi gran deseo era saber más cosas de él y, si era posible, contemplar su rostro. Sin embargo, el nombre de Aslan me resultaba odioso.

»Y como ya visteis, se nos convocaba al exterior de la casucha de tejado de paja, noche tras noche, y se encendía el fuego, y el mono sacaba de la casucha algo sobre cuatro patas que yo no conseguía ver con claridad. Y la gente y las bestias se inclinaban ante aquello y lo honraban. Pero yo pensaba: "El mono engaña al tarkaan, pues esta cosa que sale del establo no es ni Tash ni ningún otro dios". Sin embargo, cuando observé el rostro del tarkaan, y presté atención a cada palabra que decía al mono, cambié de idea, pues comprendí que tampoco él creía en aquello. Y luego me di cuenta de que no creía en absoluto en Tash, pues de haberlo hecho, ¿cómo habría osado burlarse de él?

»Al comprender todo esto, me embargó una cólera terrible y me pregunté por qué el auténtico Tash no fulminaba tanto al mono como al tarkaan con fuego caído del cielo. No obstante, oculté mi enojo, cerré la boca y aguardé para ver cómo terminaba todo aquello. Pero anoche, como algunos

de vosotros sabéis, el mono no sacó a la cosa amarilla, sino que dijo que todos los que desearan
contemplar a Tashlan, pues mezclaban así las dos
palabras para fingir que eran lo mismo, debían
entrar de uno en uno en la casucha. Y yo me dije
que sin duda aquello era otro engaño. No obstante, después de que el gato entrara y saliera de
nuevo enloquecido de terror, volví a decirme que
sin duda el auténtico Tash, al que habían invocado sin conocimiento ni fe, había aparecido entre
nosotros y se vengaba. Y aunque mi corazón se
había convertido en agua en mi interior debido a
la grandeza y terror que inspiraba Tash, mi deseo
era mayor que mi miedo, e hice acopio de valor
para que mis rodillas no temblaran y los dientes
no me castañetearan, y tomé la resolución de contemplar el rostro de Tash aunque éste me matara.
Así pues, me ofrecí para entrar en la casucha; y el
tarkaan, aunque de mala gana, me lo permitió.

»En cuanto traspasé el umbral, la primera maravilla que descubrí fue esta brillante luz solar,
bajo la que estamos ahora, a pesar de que el interior de la casucha parecía a oscuras desde fuera.
De todos modos no tuve tiempo para maravillar-
me de ello, pues inmediatamente me vi obligado
a luchar para salvar la cabeza contra uno de nuestros propios hombres. En cuanto lo vi, comprendí

que el mono y el tarkaan lo habían colocado allí para matar a cualquiera que entrara si no era cómplice. De modo que ese hombre era también un mentiroso y un escarnecedor y no un auténtico servidor de Tash. Por ese motivo, tuve mejor voluntad de pelear con él; y tras matar al villano, lo arrojé al exterior por la puerta.

»Luego miré a mi alrededor y vi el cielo y la gran extensión de terreno y olí el dulce aroma del aire. Y me dije: "Por los dioses, éste es un lugar agradable: tal vez he ido a parar al país de Tash". Y empecé a viajar dentro de este país extraño y a buscarlo.

»Así que pasé sobre gran cantidad de hierba y flores y por entre toda clase de árboles saludables y deliciosos hasta que he aquí que en un lugar angosto entre dos rocas vino a mi encuentro un león enorme. Su velocidad era la de un avestruz, y su tamaño, el de un elefante; la melena como oro puro y sus ojos tenían un brillo parecido al del oro fundido. Era más terrible que la Montaña Llameante de Lagour, y en belleza sobrepasaba todo lo que existe en el mundo, tal como la rosa en flor sobrepasa el polvo del desierto.

»Caí a sus pies y pensé: "Sin duda ha llegado la hora de mi muerte, pues el león, que es digno de todo honor, sabrá que he servido a Tash durante toda mi vida y no a él. Sin embargo, es mejor ver al león y morir que ser el Tisroc del mundo y vivir sin haberlo visto". Pero el Glorioso Ser inclinó la dorada cabeza y acarició mi frente con la lengua y dijo: "Hijo, se te da la bienvenida". Pero yo respondí: "¡Ay de mí, señor! No soy hijo vuestro, sino siervo de Tash". "Hijo",respondió él, "todo el servicio que has prestado a Tash, lo cuento como servicio prestado a mí". Entonces, debido a mi gran deseo de adquirir sabiduría y comprensión, superé mi miedo e interrogué al Glorioso Ser: "Señor", dije, "¿es cierto pues, como dijo el mono, que vos y Tash sois uno solo?". El león gruñó de modo que la tierra se estremeció, aunque su cólera no estaba dirigida a mí, y respondió: "Es falso. No porque seamos uno, sino porque somos opuestos... tomo para mí los servicios que le has prestado. Pues él y yo somos tan diferentes que ningún servicio que sea infame puede ofrecérseme a mí y ninguno que no lo sea puede prestársele a él. Por lo tanto, si alguien jura por Tash y mantiene su juramento cueste lo que cueste, es en mi nombre por el que ha jurado en realidad, aunque no lo sepa, y soy yo quien lo recompensa. Y si alguien lleva a cabo una crueldad en mi nombre, entonces, aunque pronuncie el nombre de Aslan, es a Tash a quien sirve y es Tash quien acepta su acción. ¿Lo comprendes, hijo?". "Señor, vos sabéis lo mucho que comprendo", dije. Aunque también añadí, porque la verdad me obligaba a ello: "No obstante, he estado buscando a Tash todos los días de mi vida". "Amado mío", respondió el Glorioso Ser, "si tu deseo no hubiera sido buscarme a mí no habrías buscado durante tanto tiempo y con tanta honestidad. Pues todos hallan lo que realmente buscan".

»A continuación sopló sobre mí y eliminó todo temblor de mis extremidades e hizo que me irguiera. Después de eso, no dijo mucho, excepto que nos volveríamos a encontrar, y que debía entrar sin miedo y subir más. Luego giró sobre sí mismo en un vendaval y remolino dorado y desapareció de repente.

»Y desde entonces, reyes y damas, he estado vagando para encontrarlo y mi felicidad es tan grande que incluso me debilita como una herida. Y la maravilla de las maravillas es que me llamó «Amado», a mí, que no soy más que un perro...

—¿Eh? ¿A qué viene esa comparación? —inquirió uno de los perros.

—Señor —respondió Emeth—, no es más que un modo de hablar que tenemos en Calormen.

—Vaya, pues no puedo decir que me guste mucho —replicó el perro.

—No lo dice con mala intención —intervino un perro de más edad—. Al fin y al cabo, nosotros llamamos a nuestros cachorros «niños» cuando no se comportan como deben.

—Es cierto —reconoció el perro—. O «niñas».

—Chist —lo reprendió el perro de más edad—. Ésa no es una palabra muy apropiada. Recuerda dónde estás.

—¡Mirad! —exclamó Jill de improviso.

Alguien se acercaba, con cierta timidez, para reunirse con ellos: una elegante criatura de cuatro patas, de un color gris plateado. Todos la contemplaron con fijeza durante unos buenos diez segundos antes de que cinco o seis voces dijeran a la vez:

—Pero ¡si es el viejo Puzzle!

Nunca lo habían visto a la luz del día sin la piel de león, y realmente resultaba ahora muy distinto. Volvía a ser él: un hermoso asno con un pelo tan gris y suave y un rostro tan amable y sincero que si lo hubieras visto habrías hecho exactamente lo mismo que Jill y Lucy hicieron: correr hacia él, rodearle el cuello con los brazos, besar su hocico y acariciarle las orejas.

Cuando le preguntaron dónde había estado, dijo que había pasado por la puerta junto con las otras criaturas pero que había... bueno, a decir verdad, lo cierto era que se había mantenido tan apartado de ellos como había podido; y también de Aslan. Pues la visión del auténtico león lo hizo sentirse tan avergonzado de la estupidez cometida al disfrazarse con la piel de uno que no era capaz de mirar a nadie a la cara. Pero al ver que todos sus amigos se dirigían al oeste, y tras haber tomado un bocado o dos de hierba («Y jamás he probado unos pastos más deliciosos», declaró), se armó de valor y los siguió.

—Pero ¿qué haré si realmente tengo que ver a Aslan? Es algo que no sé —añadió.

—Descubrirás que no pasa nada —repuso la reina Lucy.

Siguieron adelante juntos, siempre en dirección oeste, pues aquélla parecía la dirección que había querido indicar Aslan cuando gritó: «¡Entrad sin miedo y subid más!». Muchas otras criaturas avanzaban lentamente hacia el mismo sitio, pero aquel territorio de pastos era muy extenso y no había aglomeraciones.

Todavía parecía ser temprano, y el frescor de la mañana flotaba en el aire. Siguieron deteniéndose y mirando a su alrededor y también a sus espaldas, en parte porque todo era muy hermoso pero también porque había algo en todo aquello que no comprendían.

—Peter —dijo Lucy—, ¿dónde estamos?

—No lo sé —respondió el Sumo Monarca—. Me recuerda algún lugar, pero no puedo darle un nombre. ¿Podría ser algún sitio en el que estuvimos durante unas vacaciones cuando éramos muy, muy pequeños?

—Debieron de ser unas vacaciones magníficas —intervino Eustace—. Apuesto a que no hay un lugar como éste en ninguna parte de nuestro mundo. ¡Fijaos en los colores! No encontraríamos un azul como el azul que brilla sobre aquellas montañas en nuestro mundo.

—¿No es el país de Aslan? —inquirió Tirian.

—No se parece al país de Aslan visto desde lo alto de aquella montaña situada más allá del extremo oriental del mundo —dijo Jill—. He estado allí.

—Si me preguntáis —dijo Edmund—, es como algún lugar del mundo narniano. Mirad esas colinas de ahí delante... y las enormes montañas heladas situadas más allá. No hay duda de que se parecen bastante a las montañas que veíamos desde Narnia, las situadas al oeste, más allá de la cascada, ¿no creéis?

—Sí, sí lo son —repuso Peter—. Sólo que éstas son más grandes.

—No creo que se parezcan tanto a lo que había en Narnia —dijo Lucy—. Pero mirad ahí —señaló al sur a su izquierda, y todos se detuvieron y volvieron la cabeza para mirar—. Esas colinas —siguió ella—, ésas tan bonitas y cubiertas de árboles y las de color azul que hay detrás... ¿no se parecen mucho a la frontera sur de Narnia?

—¡Parecerse! —exclamó Edmund tras un momento de silencio—. Pero si son exactamente iguales. ¡Mirad, ahí está el monte Pire con su cima en horquilla, y allí está el desfiladero que conduce a Archenland y todo lo demás!

—Y aun así no se parecen —repuso Lucy—. Son diferentes. Tienen más colores y parecen más lejanas de lo que recordaba y son más... más... No lo sé...

—Más genuinas —indicó lord Digory.

Repentinamente el águila Sagaz desplegó las alas, se elevó un metro o más en el aire, describió un círculo y volvió a posarse en el suelo.

—¡Reyes y reinas! —gritó—, hemos estado ciegos. Ahora empezamos a ver dónde nos encontramos. Desde ahí arriba lo he visto todo: el páramo de Ettin, el dique de los Castores, el Gran Río y Cair Paravel brillando todavía en la orilla del mar Oriental. Narnia no ha muerto. Esto es Narnia.

—Pero ¿cómo puede ser? —dijo Peter—. Pues Aslan nos dijo a los mayores que no regresaríamos jamás a Narnia, y aquí estamos.

—Sí —corroboró Eustace—. Y la vimos destruida y con el sol extinguido.

—Y resulta tan distinta —indicó Lucy.

—El águila tiene razón —dijo lord Digory—. Escucha, Peter. Cuando Aslan dijo que no podríais regresar a Narnia, se refería a la Narnia en la que vosotros pensabais. Pero ésa no era la Narnia auténtica. Aquélla tenía un principio y un fin. No era más que una sombra o una copia de la Narnia real que siempre ha estado aquí y siempre estará: igual que nuestro propio mundo, Gran Bretaña y todos los demás países, no es más que una sombra o copia de algo en el mundo real de Aslan. No es necesario que llores por Narnia, Lucy. Todo aquello de la antigua Narnia que importaba, todas las queridas criaturas, ha sido trasladado a la Narnia real a través de la puerta. Y claro que resulta diferente; tan diferente como lo genuino lo es de una imagen o como la vida real lo es de un sueño.

Su voz los estimuló a todos como el son de una trompeta mientras pronunciaba aquellas palabras, pero cuando añadió: «Todo esto lo dice Platón, todo está en Platón: cielos, ¿qué les enseñan en la escuela hoy en día?», los mayores se echaron a reír. Era exactamente lo que le habían oído decir hacía mucho tiempo en aquel otro mundo en el que su barba era gris en lugar de dorada. Sabía por qué reían y él se unió también a las risas. Pero rápidamente volvieron a mostrarse solemnes: pues, como sabes, existe una clase de felicidad y asombro que hace que uno se sienta serio. Es demasiado espléndida para malgastarla en bromas.

Resulta tan difícil explicar cómo aquella tierra iluminada por el sol era diferente de la Narnia antigua como lo sería explicar a qué saben las frutas de ese mundo. Tal vez te hagas una cierta idea si piensas esto. Puede que hayas estado en una habitación en la que había una ventana que daba a una encantadora bahía marina o a un valle verde que se perdía entre las montañas. Y en la pared de la habitación situada justo frente a la ventana tal vez había un espejo. Y cuando te dabas la vuelta y te apartabas de la ventana volvías a contemplar de repente aquel mar o aquel valle en el espejo. Y el mar en el espejo o el valle en el espejo eran en cierto sentido los mismos que los reales: no obstante, a la vez eran de algún modo distintos: más intensos, más fantásticos, como lugares de un relato, un relato que no has oído jamás pero que te gustaría mucho conocer.

La diferencia entre la vieja Narnia y la nueva era algo parecido. La nueva era un país más intenso:

cada roca, flor y brizna de hierba parecían significar más. Me es imposible describirlo mejor: si alguna vez puedes ir allí comprenderás lo que quiero decir.

Fue el unicornio quien resumió lo que todos sentían. Dio una patada en el suelo con el casco delantero derecho, relinchó y luego dijo:

—¡Por fin estoy en casa! ¡Éste es mi auténtico país! Pertenezco a este lugar. Ésta es la tierra que he buscado durante toda mi vida, aunque no lo he sabido hasta hoy. El motivo por el que amaba la vieja Narnia era porque se parecía un poco a esto. ¡Bri-ji-ji! ¡Entremos sin miedo, subamos más!

Sacudió la crin y saltó al frente en veloz galope; un galope de unicornio que, en nuestro mundo, lo habría hecho desaparecer de la vista en unos instantes. Pero entonces ocurrió algo muy curioso. Todos los demás echaron a correr, y descubrieron, con asombro, que podían mantenerse a su altura: no únicamente los perros y los humanos, incluso el rechoncho Puzzle y el enano Poggin, cuyas piernas eran bastante cortas. El aire les azotaba el rostro como si viajaran a toda velocidad en un coche que careciera de parabrisas. El paisaje pasaba raudo junto a ellos como si lo vieran desde las ventanillas de un tren expreso. Corrieron cada vez más rápido, pero nadie se acaloró, ni se cansó, ni se quedó sin aliento.

CAPÍTULO 16

Adiós al País de las Sombras

Si uno pudiera correr sin cansarse, no creo que deseara a menudo hacer algo distinto. Pero podría haber un motivo especial para detenerse, y fue ese motivo especial el que hizo que Eustace gritara:

—¡Eh! ¡Parad! ¡Mirad adónde estamos llegando!

Y valía la pena, pues entonces vieron ante ellos el estanque del Caldero y más allá del estanque, los elevados e inaccesibles riscos y, cayendo de las alturas, en forma de miles de toneladas de agua por segundo que centelleaban como diamantes en algunos lugares y aparecían de un verde oscuro y vítreo en otros, la Gran Catarata; y el tronar del agua resonaba ya en sus oídos.

—¡No os detengáis! Entremos sin miedo y subamos más —gritó Sagaz, inclinando ligeramente su vuelo.

—Para él no cuesta nada —dijo Eustace, pero Perla también les gritó:

—No os detengáis. ¡Entremos sin miedo y subamos más! Tomadlo con calma.

Apenas podían oír su voz por encima del rugido del agua, pero al cabo de un instante todos vieron que se había lanzado al estanque y que atropelladamente detrás de él, con un chapoteo continuado, todos los demás seres hacían lo mismo. El agua no estaba helada como todos —en especial Puzzle— esperaban, sino que poseía un delicioso frescor espumoso. Todos se encontraron nadando directamente hacia la cascada.

—Esto es disparatado —dijo Eustace a Edmund.

—Lo sé. Y no obstante... —respondió éste.

—¿No es maravilloso? —preguntó Lucy—. ¿No os habéis dado cuenta de que es imposible sentir miedo aunque uno quiera? Probadlo.

—¡Vaya!, tampoco yo puedo —dijo Eustace tras haberlo intentado.

Perla fue el primero en llegar a la base de la cascada, pero Tirian llegó justamente detrás. Jill fue la última, de modo que pudo verlo todo mejor que los demás. Vio algo blanco que se movía sin pausa por la pared de la cascada, y aquella cosa blanca era el unicornio. No se sabía si nadaba o trepaba, pero seguía adelante, sin dejar de subir.

La punta del cuerno dividía el agua por encima de su cabeza, y ésta caía en cascada en dos ríos del color del arco iris alrededor de sus hombros. Precisamente detrás iba el rey Tirian. Movía piernas y brazos como si nadara, pero avanzaba recto hacia arriba: como si fuera posible ascender nadando por la pared de una casa.

Los que resultaban más divertidos eran los perros. Durante el galope no habían perdido el resuello ni un momento, pero en aquellos instantes, mientras hormigueaban y culebreaban hacia lo alto, todo eran farfulleos y estornudos entre ellos; eso se debía a que no dejaban de ladrar y, cada vez que lo hacían, la boca y el hocico se les llenaba de agua. Pero antes de que Jill tuviera tiempo de mirar todo aquello con atención, también ella estaba ascendiendo por la cascada. Habría resultado totalmente imposible en nuestro mundo, pues, aunque uno no se hubiera ahogado, la terrible fuerza del agua lo habría hecho pedazos contra innumerables aristas de rocas. Sin embargo, en aquel mundo se podía hacer. Se iba subiendo, más y más, con toda clase de luces centelleando desde el agua y toda clase de piedras de colores brillando a través de ella, hasta que daba la impresión de que se estaba escalando luz... y siempre subiendo hasta que la sensación de altura habría aterrorizado a cualquiera si fuera capaz de sentir miedo, pues allí no se experimentaba más que una emoción gloriosa. Y luego, por fin, se llegaba a la deliciosa curva verde por la que el agua se vertía desde lo alto y se descubría que se había alcanzado el río horizontal por encima de la cascada. La corriente se deslizaba rauda contra ellos, pero los aventureros eran nadadores tan fantásticos que podían avanzar contra la corriente. No tardaron en estar todos en la orilla, chorreando agua pero felices.

Un valle extenso se abría ante ellos y enormes montañas nevadas, mucho más cerca ya, se recortaban contra el cielo.

—Entremos sin miedo y subamos más —gritó Perla, y al instante volvieron a ponerse en marcha.

Ahora se hallaban fuera de Narnia y ascendían hacia el territorio salvaje del oeste que ni Tirian ni Peter, ni siquiera el águila, habían visto antes. Pero lord Digory y lady Polly sí.

—¿Recuerdas? ¿Lo recuerdas? —se decían. Y lo decían con voces firmes, sin jadear, a pesar de que todo el grupo corría ahora más de prisa que una flecha.

—¿Cómo, señor? —dijo Tirian—. ¿Es entonces cierto, tal como cuentan las historias, que los dos viajasteis aquí el mismo día en que se creó el mundo?

—Sí —respondió Digory—. Y parece que fue ayer.

—Y ¿sobre un caballo alado? —inquirió Tirian—. ¿Es cierta esa parte?

—Por supuesto.

—Más rápido, más rápido —ladraron los perros.

Así que corrieron más y más rápido hasta que era casi como si volaran en lugar de correr y ni siquiera el águila que volaba sobre sus cabezas iba más de prisa que ellos. Atravesaron un valle sinuoso tras otro y ascendieron las empinadas laderas de colinas y, más rápido que nunca, descendieron por el otro lado, siguiendo el río y en ocasiones cruzándolo, además de pasar, casi sin tocarlos, por encima de lagos de montaña como si fueran lanchas de motor, hasta que por fin, en el extremo opuesto de un largo lago tan azul como una turquesa, vieron una suave colina verde. Las laderas eran tan empinadas como los lados de una pirámide y alrededor de la cima discurría un muro verde, pero por encima del muro se alzaban ramas de árboles cuyas hojas parecían de plata, y su fruta, de oro.

—¡Entremos sin miedo y subamos más! —vociferó el unicornio, y nadie se quedó atrás.

Cargaron en dirección a la base de la colina y al instante se encontraron ascendiendo por ella a toda velocidad, casi como el agua de un ola que al chocar recorre una roca en la punta de una bahía. A pesar de que la ladera era casi tan empinada como el tejado de una casa y la hierba tan suave como un campo de golf, nadie resbaló.

Únicamente cuando alcanzaron la cima aminoraron la marcha, y se debió a que se encontraron ante unas enormes puertas doradas. Por un momento nadie fue lo bastante osado para comprobar si las puertas se abrían. Todos se sintieron igual que cuando se hallaban ante la fruta: «¿Nos atrevemos? ¿Debemos hacerlo? ¿Es posible que sea para nosotros?».

Pero mientras estaban allí parados, un cuerno enorme, maravillosamente vibrante y dulce, sonó en algún lugar en el interior del jardín amurallado y las puertas se abrieron.

Tirian contuvo la respiración mientras se preguntaba a quién verían. Y lo que vieron fue lo último que habrían esperado: un menudo ratón parlante, pulcro y de ojos brillantes, con una pluma roja sujeta a un aro que le rodeaba la cabeza y con la pata izquierda apoyada en una espada larga. Hizo una reverencia, una reverencia llena de elegancia, y dijo con voz aguda:

—Bienvenidos, en nombre del León. Entrad sin miedo y subid más.

Entonces Tirian vio como el rey Peter, el rey
Edmund y la reina Lucy se adelantaban corriendo
para arrodillarse y saludar al ratón y que todos
gritaban:

—¡Reepicheep!

El monarca casi se quedó sin respiración ante
aquella maravilla, pues entonces supo que estaba
contemplando a uno de los grandes héroes de
Narnia, el ratón Reepicheep, que había peleado en
la gran Batalla de Beruna y luego zarpado hasta el
Fin del Mundo con el rey Caspian el Navegante.
Pero antes de que tuviera demasiado tiempo para
pensar en aquello, sintió que lo estrechaban dos
brazos llenos de energía y recibió un barbudo

beso en las mejillas a la vez que oía una voz que le traía muy gratos recuerdos:

—¿Qué tal, muchacho? ¡Estás más grueso y alto que la última vez que te toqué!

Era su propio padre, el buen rey Erlian: pero no tal como Tirian lo había visto la última vez, cuando lo llevaron a casa pálido y herido tras su pelea con el gigante, ni siquiera como Tirian lo recordaba en sus últimos años, cuando era un guerrero de cabellos canosos. Aquél era su progenitor, joven y feliz, como apenas podía recordarlo de sus primeros años cuando él mismo no era más que un niño que jugaba con su padre en el jardín de Cair Paravel, antes de acostarse, las tardes de verano. El olor mismo del pan y la leche que tomaba para cenar regresó a él.

«Dejaré que hablen un poco y luego me acercaré y saludaré al buen rey Erlian —pensó Perla—. Más de una manzana reluciente me dio cuando no era más que un potrillo.» Pero al cabo de un instante tuvo algo más en qué pensar, pues por la puerta apareció un caballo tan noble e imponente que incluso un unicornio podría sentirse cohibido en su presencia: un caballo alado enorme. Éste contempló por un momento a lord Digory y a lady Polly y relinchó: «¡Amigos míos!» y ellos gritaron a la vez: «¡Alado! ¡Viejo y querido Alado!», y corrieron a besarlo.

Pero entonces el ratón volvió a instarles a que entraran, y todos cruzaron las puertas doradas para disfrutar del delicioso aroma que soplaba hacia ellos desde aquel jardín y de la fresca mezcla de luz solar y sombra que proyectaban los árboles, mientras andaban sobre un césped mullido salpicado de flores blancas. Lo primero que llamó la atención de todos fue que el lugar era mucho más grande de lo que parecía desde el exterior; aunque nadie tuvo tiempo de pensar en eso, pues más gente se acercaba a recibir a los recién llegados desde todas direcciones.

Todos aquellos de los que hayas oído hablar (si conoces la historia de estas tierras) parecían estar allí. Estaba el búho Plumabrillante, Charcosombrío, el meneo de la Marisma, el rey Rilian el Desencantado, su madre, la hija de la estrella, y su fantástico padre Caspian en persona. Y cerca de él estaban lord Drinian, lord Berne, el enano Trumpkin y el tejón Buscatrufas junto con Borrasca de las Cañadas, el centauro, y un centenar de héroes más de la gran Guerra de la Liberación. Luego, desde otro punto, aparecieron Cor, el rey de Archenland, con el rey Lune, su padre, su esposa la reina Aravis y el valiente príncipe Corin Puño de Trueno, su hermano, y el caballo Bree y la yegua Hwin. Y luego —la más maravillosa de todas las maravillas a ojos de Tirian— desde un pasado más lejano aparecieron los dos buenos castores y el fauno Tumnus. Y hubo saludos, besos y apretones de manos, y se revivieron antiguas bromas (ni te imaginas lo bien que suena un chiste viejo cuando uno lo vuelve a contar tras un lapso de quinientos o seiscientos años) y todo el grupo avanzó hacia el centro del huerto, donde el fénix estaba posado en un árbol y los contemplaba a todos, y al pie del árbol había dos tronos y en aquellos tronos un rey y una reina tan magníficos y hermosos que todos se inclinaron ante ellos. Y ya podían hacerlo, pues aquellos dos eran el rey Frank y la reina Helen, de los que descienden los reyes más antiguos de Narnia y de Archenland. Y Tirian se sintió igual que uno se sentiría si lo condujían ante Adán y Eva en toda su gloria.

Una media hora más tarde —o podría haber sido medio siglo más tarde, ya que el tiempo en Narnia no es igual al tiempo de aquí— Lucy fue con su querido amigo, su amigo narniano más antiguo, el fauno Tumnus, a mirar por encima de la pared del jardín para contemplar toda Narnia extendiéndose a sus pies. Pero cuando se miraba hacia abajo se descubría que aquella colina estaba mucho más alta de lo que se había creído: se hundía con riscos relucientes, a miles de metros por debajo de ellos y los árboles de aquel mundo inferior no parecían mayores que granos de sal verde. Entonces Lucy se dio la vuelta para mirar al interior de nuevo y apoyó la espalda en el muro mientras contemplaba el jardín.

—Ya lo veo —dijo por fin, pensativa—. Ahora lo veo. Este jardín es como el establo. Mucho mayor por dentro de lo que era por fuera.

—Desde luego, Hija de Eva —respondió el fauno—. Cuanto más subas y más te adentres, más grande se vuelve todo. El interior es mayor que el exterior.

Lucy contempló con atención el jardín y descubrió que no era realmente un jardín, sino todo un mundo, con sus propios ríos, bosques, mar y montañas. Pero no le eran desconocidos: los conocía todos.

—Ya entiendo —dijo—. ¡Esto sigue siendo Narnia, y más real y hermosa que la Narnia de ahí abajo, igual que ésa era más real y más hermosa que la Narnia del exterior de la puerta del establo! Entiendo... un mundo dentro de otro, Narnia dentro de Narnia...

—Sí —repuso el señor Tumnus—, igual que una cebolla: sólo que a medida que penetras en ella, cada círculo es mayor que el anterior.

Lucy miró a un lado y a otro y pronto descubrió

que le había sucedido algo nuevo y hermoso. Mirara donde mirase, por muy lejos que pudiera estar, una vez que había fijado los ojos en ello, todo se tornaba nítido y cercano como si lo contemplara a través de un telescopio. Veía todo el desierto meridional y, más allá, la gran ciudad de Tashbaan; al este divisaba Cair Paravel sobre la orilla del mar e incluso la ventana de la habitación que había sido suya en el pasado.

Y a lo lejos, en alta mar, distinguió las islas, una isla tras otra hasta llegar al Fin del Mundo, y, más allá del final, la montaña enorme que habían llamado el país de Aslan, pero que, tal como veía ahora, formaba parte de una gran cadena montañosa que circundaba todo el mundo. Frente a ella parecía realmente próxima.

A continuación miró a su izquierda y vio lo que tomó por un banco de nubes de brillantes colores, separada de ellos por una brecha. Pero al mirar con más atención advirtió que no se trataba de ninguna nube, sino de un país real. Y en cuanto fijó los ojos en un punto concreto, gritó al instante:

—¡Peter! ¡Edmund! ¡Venid a ver esto! ¡Venid rápido!

Y fueron a mirar, pues sus ojos también se habían vuelto como los de ella.

—¡Caray! —exclamó Peter—. Es Inglaterra. Y

eso es la casa... ¡la vieja casa de campo del profesor Kirke, donde empezaron nuestras aventuras!

—Creía que esa casa había sido destruida —dijo Edmund.

—Lo fue —indicó el fauno—, pero ahora estáis contemplando la Inglaterra que hay dentro de Inglaterra, la auténtica Inglaterra, igual que ésta es la auténtica Narnia. Y en esa Inglaterra interior nada bueno se destruye.

De repente desviaron las miradas hacia otro punto, y entonces tanto Peter como Edmund y Lucy lanzaron una ahogada exclamación de sorpresa y gritaron y empezaron a agitar las manos, pues vieron a sus propios padres que los saludaban también desde el otro lado del valle enorme y profundo. Era como cuando ves a gente que te saluda desde la cubierta de un barco mientras aguardas en el muelle para recibirlos.

—¿Cómo podemos llegar hasta ellos? —quiso saber Lucy.

—Es fácil —respondió el señor Tumnus—. Ese país y éste, todos los países reales, no son más que estribaciones que sobresalen de las enormes montañas de Aslan. Sólo tenemos que andar por la cresta, hacia arriba y hacia el interior, hasta que se unan. ¡Escuchad! Es el cuerno del rey Frank: debemos subir todos.

Y no tardaron en encontrarse andando todos juntos —y ¡menuda procesión enorme y brillante formaban!— hacia montañas más altas que las que podrías ver en este mundo incluso aunque estuvieran ahí para ser vistas. Pero no había nieve en aquellas montañas: había bosques, laderas verdes, arboledas fragantes y cascadas centelleantes, unos sobre otros, sucediéndose eternamente. El terreno por el que iban se fue estrechando sin cesar, con un valle profundo a cada lado: y al otro lado de aquel valle el país que era la Inglaterra real se fue acercando cada vez más.

La luz que brillaba al frente era cada vez más potente. Lucy vio que una serie de riscos multicolores ascendía ante ellos como una escalera gigante. Luego se olvidó de todo, pues Aslan en persona se acercaba, saltando de risco en risco como una cascada viviente de energía y belleza.

Y al primero que Aslan llamó a su lado fue al asno Puzzle. No has visto nunca un asno que pareciera más endeble y cándido que Puzzle mientras avanzaba hacia Aslan, y, junto al león, parecía tan pequeño como un gatito al lado de un San Bernardo. El león inclinó la cabeza y susurró algo al asno que hizo que sus largas orejas se inclinaran, pero luego dijo otra cosa ante la cual las orejas volvieron a erguirse. Los humanos no oyeron nada de lo que le dijo en ambas ocasiones.

Entonces Aslan se volvió hacia ellos y dijo:

—Aún no parecéis tan felices como deseo que seáis.

—Tenemos miedo de que nos eches, Aslan —respondió Lucy—. Nos has enviado de vuelta a nuestro mundo tantas veces...

—No existe la menor posibilidad de eso —respondió él—. ¿No lo habéis adivinado?

El corazón les dio un vuelco a todos, y una frenética esperanza creció en su interior.

—Realmente hubo un accidente de ferrocarril —dijo Aslan con suavidad—. Vuestros padres y todos vosotros estáis, como acostumbráis a llamarlo en el País de las Sombras, muertos. El trimestre ha finalizado: empiezan las vacaciones. El sueño ha terminado: ha llegado la mañana.

Y mientras hablaba, ya no les pareció un león; pero las cosas que empezaron a suceder después de eso fueron tan magníficas y hermosas que no puedo escribirlas. Y para nosotros éste es el final de todas las historias, y podemos decir verdaderamente que todos vivieron felices para siempre. Sin embargo, para ellos fue sólo el principio de la historia real. Toda su vida en este mundo y todas sus aventuras en Narnia no habían sido más que la cubierta y la primera página: ahora por fin empezaban el Primer Capítulo del Gran Relato que nadie en la Tierra ha leído, que dura eternamente y en el que cada capítulo es mejor que el anterior.